官商鬥法
之3
政治盟友
姜遠方 著
九龍金璽

目錄 CONTENTS

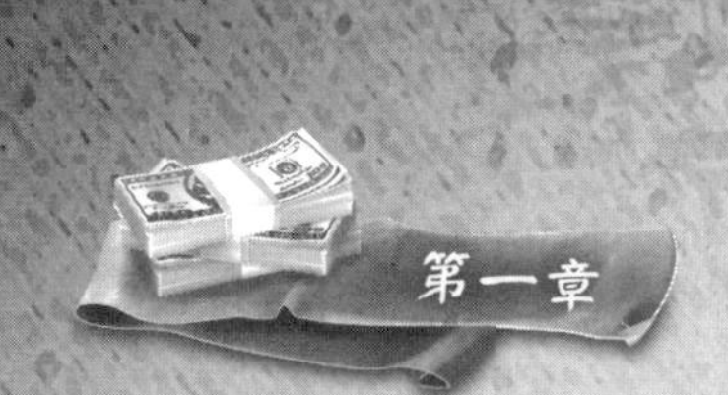

風水寶地

余波愣住了：「你說海濱大道中段啊？」
吳雯說：「對呀，有人幫我看過，說那裏是風水寶地，很適合我去發展。」
余波知道這塊地確實是一塊風水寶地，
很多開發商都想要說服曲煒將這塊地放出來，可是都被曲煒嚴詞拒絕了。

鄭莉突然掛了電話，搞得傅華有點丈二和尙摸不著頭腦，心說這女人變臉真是快，剛剛還有說有笑的，突然就掛了電話，真是讓人無法捉摸。

手機再次響起，看看是趙凱的電話，傅華心說趙凱該不是爲了趙婷興師問罪來了吧？趕忙接通了：「叔叔，你好。」

趙凱有些不高興地問道：「你剛才跟誰打電話呢？怎麼說了這麼長時間？」

傅華想，可不能告訴你我在跟鄭莉講話，否則怕是要火上添油了，便說道：「我跟市裏面的領導彙報工作呢。」

趙凱心說你剛從海川市回來，有什麼工作要彙報這麼久？他很懷疑傅華剛才的電話是打給那個什麼鄭莉的，可是他也知道傅華的個性，如果自己追問他，一定會引起他的反感，那樣對趙婷和他之間的感情反而不是一件好事，便裝糊塗地笑笑，說：「你們領導還挺關心你的，跟你聊這麼久。」

傅華笑笑說：「在聊一件比較麻煩的事情，所以時間長了一點。叔叔，你找我有什麼事情嗎？」

趙凱說：「你明天有時間嗎？」

傅華說：「有時間，您有事嗎？」

趙凱說：「那你到我辦公室來吧，那塊地已經買下來了，我們也應該談一下合作協議的事情了。」

傅華說：「好，我明天上午就去。對了，叔叔，小婷現在還在生氣嗎？」

趙凱心想你還算不錯，還知道關心我女兒，便說道：「小婷哭了一下午，晚上好了一點。對了，你們在鬧什麼啊？」

傅華說：「沒什麼啦，鬧了點小矛盾。」

趙凱說：「哦，是不是趙婷跟你發脾氣了？傅華啊，小婷這孩子從小被我慣壞了，脾氣可能有點壞，你就看在我的面子上，多擔待些。」

傅華見趙凱把身架放這麼低，反而有些不好意思了：「叔叔您客氣了，說起來我也有不好的地方。」

趙凱笑了，說：「你別這麼說，我是瞭解小婷的，多半是她亂發脾氣，你年齡比小婷大，讓著她一點，好不好？」

傅華說：「我明白了。」

趙凱說：「那其他的事情明天見面說吧，我掛了。」

傅華說：「再見，叔叔。」

趙凱掛了電話，傅華拿著手機猶豫著是否要撥給趙婷，想了一會兒，笑著拍了一下腦袋，我這不是笨嗎。

原來他一下子想明白趙凱爲什麼這麼晚打電話來，說什麼要商量協議，協議原本並不著急在這一時半刻就簽訂，突然被拿出來，只有一種可能，趙凱只是拿它作爲話題的引子。肯定趙凱已經瞭解自己跟趙婷吵架的原因，這才打電話過來。他之所以把姿態放那麼低，是因爲這個電話本來就是爲了幫趙婷圓場來了。

傅華趕緊撥通了趙婷的電話，偌大的通匯集團總裁爲了女兒，竟然低聲下氣要自己多擔待，這個面子他已經做足給自己了，不接過來就有些不知好歹了。另一方面，趙婷爲他做的實在很多，這一點小小的脾氣應該忍受下來。

電話接通了，傅華說：「小婷，是我，對不起，今天你本來是過來給我接風的，我實在不應該惹你生氣的。」

趙婷聽到傅華的道歉，愣了一下。實際上，跟趙凱談過之後，她早有心要跟傅華道歉的，只是她刁蠻慣了，道歉的話難以說出口，這下傅華先道歉，她道歉的話更好說出口了。

趙婷說：「傅華，你別這麼說，是我不好，我不該在你朋友面前發脾氣的，是不是讓你很沒面子啊？」

傅華笑笑說：「我朋友沒什麼的，你不生我的氣了？」

趙婷哼哼了幾聲：「我才沒那麼小心眼兒呢。」

傅華心想：你不小心眼兒還哭了一下午！不過倆人之間的氣氛剛緩和下來，他也不敢亂開玩笑再惹惱了趙婷，便笑笑說：「你不生氣了就好。」

趙婷說：「你朋友那兒沒事吧？」

傅華不敢說鄭莉已經打過電話來，笑笑說：「只要你沒事就好，鄭莉那兒不用去管她了。」

聽到傅華一味地維護自己，趙婷心裏甜滋滋的，經過趙凱的分析，她心中已經有了底，知道自己可以做得大方一點：「這樣不好，鄭莉總是你的朋友，你替我向她道個歉吧。」

趙婷突然表現得這麼理智，倒把傅華搞糊塗了，這有點不像趙婷的作風，可是也不像趙婷在套自己話，不管怎麼樣，還是先撇清一下好，便說：「其實我跟鄭莉也就見過幾次面，不是很熟的，道不道歉的無所謂了。」

趙婷笑了，說：「傅華，你不用那麼緊張啦，我真的不生氣了。」

傅華笑笑說：「好吧，有機會碰到的話，我會跟她說一聲的。」

趙婷對傅華的態度很滿意，看來他也並不是十分在意那個鄭莉，便甜甜地笑著說：「隨你吧。」

第二天上午，傅華去了通匯集團趙凱的辦公室。

趙凱笑著問：「你跟小婷和好了？」

傅華說：「昨晚我跟她通過電話了，她已經不生我的氣了。」

趙凱說：「那就好，我這個女兒脾氣太直了，她跟你發火也是因爲她在乎你，你多哄哄她吧。女人嘛，多哄哄就沒事了。」

傅華笑笑說：「我知道了，叔叔。」

趙凱看了傅華一眼：「那個鄭莉是怎麼回事啊？」

傅華不敢隱瞞，就講了自己跟鄭莉認識的過程。

趙凱也聽說過鄭老，於是說：「原來是鄭老的孫女啊，名門子弟啊。」

傅華解釋說：「我跟鄭莉平常沒什麼交往，只是因爲鄭老也是我們海川人，有時去看望他會碰到鄭莉。那家叫做『莉』的服裝店我還是第一次去。」

趙凱笑了：「你不用解釋這麼多，我明白這件事情是小婷多心了。好啦，我們來談談合建酒店的事情吧，你打算怎麼做？」

傅華說：「酒店經營這一塊我是不懂的，所以我想，是不是建好大廈之後，我們的合作中引入一家酒店管理公司？」

趙凱說：「不要等建好了，要引入就從建設階段就引入，我跟順達酒店管理有限公司的章旻董事長很熟悉，前些天跟他談過我們要合建酒店的事情，他們很有興趣加入，不知道你意下如何？」

傅華說：「這個我同意，在建設階段就引入酒店管理公司，可以讓大廈更適合酒店經營，畢竟我們都沒做過酒店，對這一行業不專業。」

趙凱說：「我也是這麼想的。現在的關鍵就在於出資比例的問題了，我們如何來確定各自擁有的許可權？我們兩家的立場需要一致，才好跟順達談判。」

傅華點了點頭：「這確實是很關鍵的問題，我想順達方面肯定要擁有酒店的經營權。」

趙凱說：「這是當然。」

傅華說：「我們駐京辦有三個方面是需要確定的，第一，建好的大廈要命名爲『海川大廈』。」

趙凱說：「這個順達不一定會同意，他們旗下的產業都是打著順達酒店的招牌。」

傅華說：「酒店的名字可以由他們決定，但大廈本身必須要叫海川大廈。」

趙凱說：「這樣也行，一個大廈可以掛兩個名字。」

傅華說：「再是酒店中必須留一層給我們駐京辦辦公用，而且要有一間經營海川風味的餐館，廚師由我們海川來選派。」

趙凱說：「這個是你當初要建這個酒店的本意，應該的。」

傅華說：「最後，也是最主要的，我們駐京辦必須是大股東，否則我跟市裏面不好交代。」

趙凱說：「我明白官場上的規矩，如果你們駐京辦不能成爲大股東，很多人會說閒話的，這個我也可以支持你。」

傅華笑了：「其他就好商量了，不知道通匯集團想要什麼？」

趙凱說：「我們倒沒什麼，當初我投資就是爲了支持你，另一方面，也是爲了我們通匯集團接待業務方面更方便，給我們幾個應該的董事會董事名額，安排幾個適當的管理職位就好了。」

傅華笑笑說：「這是應該的。」

從通匯集團回來，傅華撥通了曲煒的電話。

接電話的是余波，說曲煒在會上，不方便接電話，問傅華有什麼事情，一會兒等有機會他彙報給曲市長。傅華就講了駐京辦想要三方合作建酒店的事情，想問一下曲市長的意見。余波說等曲市長有指示了，他會給傅華回覆的。

傅華說了聲好的，掛了電話，就去忙別的事情了。

一直到晚上吃飯的時間，曲煒的回覆也沒來，傅華捺不住性子，就打電話給余波，問道：「曲市長還沒時間嗎？」

余波笑道：「不好意思啊，駐京辦的事情我彙報給曲市長了，曲市長指示，他原則上同意，他相信你能處理好這件事情，你可以敲定協議之後跟市裏面彙報一下就好了。主要是今天太忙了，我竟然忘記給傅主任你說一聲了。」

傅華問道：「那曲市長呢？」

余波說：「他開了一天的會，晚上實在太累，回家休息了，你最好別去打攪他。」

傅華說：「好了，我知道了。」便掛了電話。

余波收起了手機，笑著對對面的吳雯說：「吳總說到哪裡了？」

原來余波在雅座裏跟吳雯一起吃飯。

吳雯笑著問：「剛才是誰呀？傅華嗎？」

余波笑笑說：「對啊，傅主任一心放在工作上，吃飯時間還打電話過來問工作。」

吳雯嗤笑了一聲：「這個傅華確實是，上任一陣兒，認真得跟什麼似的。」

吳雯心裏還在記恨傅華不但不肯應承幫她拿海濱大道那塊地，還說她賺快錢。她現在已經洗盡鉛華，回歸良家身分，越來越討厭別人在她面前談及她的過去了。再是，她曾經費盡心機找人幫了傅華，可是傅華不但沒有感恩盡力幫她，卻說三道四刺激她，這實在讓她很是反感。

真是看走眼了，原本因為孫瑩的緣故，覺得他應該是一個有情有義的男人，沒想到會是這樣。

余波看了一眼吳雯，心想這個漂亮女人似乎對傅華並不感興趣，也不知道他們私下是什麼關係，傅華又為什麼在千里之外將這個女人介紹過來？余波很懷疑傅華是否跟吳雯有曖昧關係，可從剛才吳雯對傅華的態度上看又不像。

余波笑了笑：「傅主任就是這樣的。不管他了，我們剛才說到哪兒了？」

吳雯笑笑說：「我剛才說謝謝余秘書幫我打了那麼多招呼，我也不知道你喜歡什麼，不好自作主張給你買，這點小意思你收下，你自己置辦點什麼吧。」

說著，吳雯從皮包裏拿出了一個厚厚的信封，放到了余波面前。

余波的臉輕微地抽動了一下，乾笑了一下說：「吳總，這個不好吧，你是傅主任介紹來的人，我幫你跑跑腿、打打招呼都是應該的。」

吳雯笑笑說：「皇帝尚且不差餓兵，何況我一個平頭百姓呢，余秘書如果不嫌少就收下。你放心，我不會在傅華面前提一個字的。」

余波還在猶豫：「這個……」

吳雯看出來余波想接卻又不好意思，就將信封塞進了余波的上衣口袋：「這可要趕緊收好，被服務員看到就不好了。」

余波趕緊整理了一下口袋，確信別人看不出來什麼了，才對吳雯說：「那就謝謝吳總了。」

吳雯笑笑說：「跟我還客氣什麼。」

余波說：「吳總真是仗義，以後海川這邊有什麼事情，只要我能辦到的，吳總儘管開口。」

吳雯笑著看了看余波，心想：傅華還說我辦不到，這個曲煒的秘書還不是三下兩下就被我擺平了，相信曲煒那裏也不是不可以攻克的。人都有可以被收買的價錢，關鍵要看是否達到他的心理滿意度。我偏要做給傅華看看，不靠他，我是不是能將那塊地拿到手。

吳雯說：「余秘書，你這麼說，我還真有件事情想要拜託。」

余波剛拿了人家的錢，自然不好拒絕：「什麼事？」

吳雯說：「這件事情余秘書如果幫我辦成了，我一定會再有一份豐厚的答謝的。」

余波笑笑：「只要我能辦到，一定義不容辭。」

吳雯說：「別人可能辦起來還有些困難，余秘書辦這件事情就很容易。」

余波說：「是嗎，什麼事情啊？」

吳雯說：「是這樣，我想要余秘書幫我說服曲市長，讓我們海雯置業徵購一塊地，用於房地產開發。」

余波笑了：「這是發展海川經濟的好事情啊，這個忙我一定會幫。說吧，看好哪裡了？」

吳雯說：「我看中海濱大道中段那塊空地。」

余波愣住了：「你說海濱大道中段啊？」

吳雯說：「對呀，就是那裏，有人幫我看過，說那裏是風水寶地，很適合我去發展。」

余波知道這塊地曲煒是不想拿出來開發的，這確實是一塊風水寶地，很多開發商都削尖了腦袋，想要找到辦法說服曲煒將這塊地放出來，可是都被曲煒嚴詞拒絕了。

余波為難地說：「吳總，你能不能換個地方開發？海濱大道那塊地，市政府想保留現狀，不會放出來的。」

吳雯想，沒難度我找你幹什麼，便笑說：「我就看好這塊地，余秘書能不能幫我想想辦法，事成後我一定會重謝的。」

余波苦笑了一下：「我跟你說實話吧，吳總，這塊地是曲市長攔著不讓開發的，很不好拿。」

吳雯笑著說：「所以我說別人可能辦起來還有些困難，你余秘書辦很容易。你是曲市長的秘書，一定能幫我攻下曲市長這一關的。」

余波知道自己在曲煒心裏的分量，他本來就成爲曲煒的秘書不久，倆人還在建立互相信任的階段，這時候提出一個曲煒分明不會接受的建議，不但不會通過曲煒這一關，說不定會給曲煒留下壞印象，危及自己並不牢固的地位。

余波搖了搖頭說：「這塊地我怕也難以辦到，吳總，你能不能換個地方，別的地方我都可以幫你協調的。」

吳雯愣了一下，看來傅華並沒有說假話，曲煒現任的秘書都說不好拿了，可見這塊地確實不好拿。可是她又不甘心失敗，她什麼時候認輸過？尤其是這件事情還被傅華拒絕過，她如果辦不成，豈不是會被傅華恥笑，便衝著余波媚然一笑：

「余秘書，你幫我想想辦法嘛。事情如果成了，我一定會重謝的。」

吳雯本來就長得很漂亮，再這麼嫣然一笑，余波看在眼中，骨頭都酥啦，心神蕩漾不定。

忽然他由眼前這個女人聯想到了另外一個女人，心裏一下子亮堂起來，自己沒有辦法，不代表那個女人也沒有辦法，曲煒可以拒絕自己，但一定不會拒絕那個女人的。他嘿嘿笑了笑說：「這個，也不是完全沒有辦法可想。」

吳雯笑笑說：「那就麻煩余秘書費費心了。」

余波說：「辦法不在我身上，在另外一個女人身上，只要那個女人肯答應幫吳總，這件事情肯定能辦得下來。」

吳雯看著余波：「誰啊，這麼有本事，能辦到余秘書都辦不到的事情？」

余波說：「就是海益酒店的老闆娘。」

吳雯看了余波一眼，心中不無疑惑，便問道：「這個人什麼背景？」

余波說：「她是曲煒市長的表妹，他們之間關係特別親近，我不好說的話她可以說，我辦不到的事情，她可以辦到。」

吳雯半信半疑：「她能行嗎？」

余波笑了，說：「行，肯定行。你不信，我回頭介紹她給你認識一下，你跟她談談，行不行你自己判斷。」

吳雯說：「既然這樣，那就別等回頭了，現在時間並不晚，我們馬上去見見這位市長的表妹吧。」

余波說：「不用這麼急吧？」

吳雯笑了，說：「余秘書你不知道，我的公司新開張，正需要一個好的項目來打響名氣，我不急行嗎，我後面還有股東在看著我呢。走吧！」

倆人就結了賬，吳雯開著車，帶著佘波去了海益酒店，找到了王妍的辦公室。

王妍見到佘波，連忙站了起來：「佘秘書，怎麼這麼晚跑來了，要我給你們安排一桌嗎？」

王妍對佘波這麼客氣，是因爲她知道她和曲煒之間的私情可以瞞得住別人，可瞞不住這個曲煒貼身的秘書。

佘波笑笑：「不用忙了王老闆，我來不是吃飯的，是介紹一個人給你認識的。這位是吳雯吳總，海雯置業的老總。」

王妍上下打量了一下吳雯，這女人的美，是一種讓人一看就心生喜歡的美，不論看的人本身是男人還是女人。便笑著說：「這個妹妹這麼漂亮、這麼年輕就做了老總了，真是不簡單。」

吳雯笑著伸出手來：「你好王姐。」

王妍跟吳雯握了握手，將倆人讓到沙發上坐下，一邊給倆人倒水，一邊笑著問道：「妹妹找我有什麼事情吧？」

吳雯笑了，看來這個女人也是個精明角色，知道自己無事不登三寶殿，便開門見山地說：「我聽佘秘書跟我說，王姐是曲煒市長的表妹，所以有件事情想求你幫我辦一下。」

王妍有點不滿地看了余波一眼，心說這傢伙怎麼把自己跟曲煒的關係胡亂告訴別人呢。

王妍笑了笑道：「余秘書可能沒搞清楚，我跟曲煒市長是有點親戚關係，可這個親戚關係很遠，基本上我們並沒有什麼往來的，所以怕是幫不上你這個忙。」

王妍一開始就把路給堵死，讓吳雯愣了一下，心想這個女人還真不簡單，並沒有把曲煒跟她之間的關係作爲她在社會上闖蕩的幌子，反而說跟曲煒並不很親近。

吳雯是明白人情世故的，人們都喜歡阿附權貴，通常很多人都會把跟市長八竿子打不到的關係掛在嘴上，而真正有親密關係的卻是遮遮掩掩，不肯承認。加上余波這個介紹人本身就是曲煒的秘書，這讓吳雯相信眼前這個女人跟曲煒之間的關係一定很密切，認爲她肯定能幫自己了。

吳雯笑笑說：「王姐，我跟余秘書是很好的朋友，大家都不是外人。」

王妍說：「我不是那個意思，我跟曲市長真的不是很熟。」

王妍就是不接這個話題，吳雯那些想拉攏和收買她的招數就使不出來，她苦笑地看了余波一眼，示意他趕緊想辦法。

余波站了起來，對王妍說：「王老闆，我想跟你單獨說幾句。」

王妍猶豫地看了看余波，余波笑笑說：「就幾句話而已。」

「那我們進裏屋說吧。」王妍起身道。

王妍辦公和休息是在一起的，裏屋是她小憩的地方，倆人進了裏屋，關上了門，王妍不滿地說道：「余秘書，你領這個女人來算是怎麼回事啊？你不知道我跟曲市長的關係不能讓別人知道嗎？」

余波陪笑著說：「你別誤會，我主要是爲你著想。」

王妍冷冷道：「爲我著想?!爲我著想你就不應該領這麼個女人來，不知道你打的什麼算盤，你不怕我把這件事情告訴曲市長嗎？」

余波說：「你聽我說完好嗎？」

「好，我聽你說。」

余波說：「我冒昧的叫你一聲王姐，王姐，你覺得你跟曲市長的關係靠得住嗎？」

王妍遲疑了一下：「當然靠得住了，曲煒對我很好的。」

余波笑了笑，說：「那一旦有一天這層關係斷了呢？」

王妍趕緊搖了搖頭說：「不會的，一定不會的。」

余波冷笑一聲：「什麼叫不會的，這世界上還有不會發生的事情嗎？」

王妍不說話了，曲煒一再推諉不肯離婚娶她，讓她也沒有了底氣。

余波邊說邊看王妍的神態，知道他對自己的話開始相信了，便說道：「我是覺得與其把著一份虛無飄渺的感情不放，什麼也得不到，還不如利用你現在跟曲市長這層關係，謀取些實實在在的利益。」

王妍有些動搖了：「這個，你應該瞭解曲市長的，他不會幫我謀取私利的。」

余波笑了：「別人也許他不會幫忙，王姐你就不同了，要知道枕頭風是最厲害的。」

王妍說：「這個不好吧？」

余波看王妍還在猶豫，便笑了笑說：「外面這個吳總，可是一個大老闆，搞房地產開發的，現在她有一個難題，她願意出一大筆錢來解決這個問題，我相信以王姐的魅力，肯定能夠說服曲市長幫這個忙的。」

王妍坐在那裏沒有說話，她還是不肯開口答應，可是也沒有表態說不行。

余波見事情僵在這裏，王妍這種既不說行，也不說不行的態度表明她在猶豫，索性自己以退爲進推她一把：「你如果實在爲難，那就算了吧，就當我和吳總沒來過。」

說完，余波就去開門要走出裏屋。

王妍這時發話了：「你說這個吳總能出一大筆錢，這一大筆錢是多少？」

王妍這一刻有點想明白了，男人的感情是靠不住的，她跟前夫也是自由戀愛，當初愛得死去活來，可是一轉眼，前夫就鑽到別的女人的懷抱裏了，最後受傷害的還是她這個苦命的女人。

倒是從前夫那裏拿到的這筆錢支撐了她今後的生活。真正靠得住的還是實實在在的錢。所以與其相信曲煒不著邊際的承諾，倒還不如趁倆人關係甜蜜的時候撈取一點實際的利益。

王妍相信曲煒一定會幫自己的忙的，他在感情上虧欠了自己，應該會在經濟利益上有所回報的。

余波笑說：「這筆錢不會是個小數目，吳總想要的那塊地，很多開發商都想拿，吳總如果拿到這塊地，最少也會拿出幾百萬感謝你。」

王妍說：「那好吧，我幫她這個忙了。」

余波說：「這就對了嘛，我去跟她說。」

王妍說：「不用了，我來跟她談吧。」

倆人就一起出了裏屋，王妍坐到了吳雯身邊：「妹妹，你說說是什麼事情吧，我願意幫你這個忙了。」

吳雯就講了她要徵購地塊的情況，王妍聽完，說：「我可以幫你協調這件事情，不過……」

吳雯忙道：「王姐你放心，該怎麼做我心裏有數的。」

王妍說：「話我還是要跟你說明白的，這裏面牽涉到的不止曲市長一個人，還需要些費用，你如果真想要我幫忙，先拿一百萬出來吧。」

吳雯愣了一下，雖然她已經相信王妍有能力辦成這件事情，但是一百萬不是個小數目，她不想什麼都沒見到就貿然地給出這筆錢。

吳雯看了余波一眼，余波看出了她的猶豫，便笑笑說：「吳總，你放心，王姐只要答應給你辦這件事情，她就肯定能辦好。」

吳雯笑笑說：「我是相信王姐的，可一下子就要拿出一百萬，也不是那麼容易。我們是不是先辦辦看看，需要的費用我都會支付的。」

王妍說：「我知道一百萬不是一筆小錢，我們萍水相逢，一下子讓妹妹就這麼相信我也不太可能。這樣吧，我讓你跟曲市長講幾句話，讓你知道我跟他之間的關係不是假的，可以吧？」

一旁的余波立刻說：「曲市長今天忙了一天，回家休息了，這個時候最好不要去打攪他。」

王妍笑笑說：「余秘書別擔心，我不會說你在這裏的。」

說著，王妍把話機按在了免持狀態，撥通了電話，一會兒對方接通了，王妍忙道：

「哥，是我，王妍啊。」

聽王妍叫自己哥，曲煒頓了一下，隨即明白王妍身旁有別人：「哦，是王妍啊，這麼晚了找我有什麼事情啊？」

王妍笑著說：「是這樣，我酒店今晚來了一位客人，是一位準備在海川投資發展房地產的商人。」

「哦，他要在海川投資，我們市政府大力歡迎啊。你跟他說，我們海川市有山有水，是個發展房地產的好地方。同時，我們政府一定會全面保障他的合法權益，讓他的投資在海川順利增值。」

「這個你親自跟她說豈不是更好，也不知道她從什麼管道知道我是你的表妹，非要讓我打電話給你，說要跟你說幾句話。我知道你一向很注重海川市的招商事務，對來海川投資的客人十分熱情，相信你一定不會嫌這個客人唐突的，所以才敢這麼晚打電話給你。」

曲煒說：「這位先生擔心什麼啊？其實我們政府有很好的投資保護和優惠政策，相關部門的同志一定會爲他服好務的。」

王妍笑著說：「哥，你弄錯了，不是先生，是位小姐。我們一見投緣，現在姐妹相稱呢。」

曲煒笑了：「我說怎麼找到你了。好吧，你把電話給她，我跟她說幾句。」

吳雯就湊了上來，拿著話筒說：「您好，曲市長，我叫吳雯，也是海川本地人，這些年我在外面賺了一點錢，就和幾個朋友打算回鄉發展，剛在海川投資組建了海雯置業公司，想要在海川發展一下地產。」

曲煒笑著說：「你好，吳總，我是曲煒，你選擇投資海川是很有眼光的，海川是一個新興城市，房地產業充滿了發展的機遇，你就放心大膽地投資吧，我們政府保證會維護來海川投資商人的合法權益的。」

吳雯笑說：「那謝謝曲市長了。」

曲煒說：「不用客氣，這也是我這個管理者應該做到的。你如果在海川遇到什麼困難和阻撓，可以通過相關部門向政府反映，我一定會慎重處理的。好了，時間已經很晚了，我們是不是就聊到這裏？」

吳雯立即道：「好的，打攪曲市長您休息了，再見。」

曲煒說了聲再見，就掛了電話。

王妍按掉了話筒，看著吳雯：「怎麼樣，這下相信我了吧？」

余波也說：「剛才說話的確實是曲市長。」

吳雯知道自己是臨時來找王妍的，她不可能馬上就安排一個人來假裝曲煒，而且剛

才打電話的那個男人一口官腔，肯定是曲煒無疑，又見余波都不敢打攪的樣子，可是王妍卻可以隨便打電話給曲煒，可見倆人的關係一定非比尋常，就對王妍又多信了幾分。

吳雯笑笑說：「我本來對王姐就沒什麼懷疑。好吧，既然王姐堅持非要先拿一百萬去運作，我可以給你，不過就這麼給你可不行。」

王妍眉頭皺了一下，不高興地說：「怎麼，你還驗證得不夠嗎？」

吳雯笑道：「王姐你別急啊，是這樣，海雯置業並不是我一個人的，一下子付出去一百萬，我也需要跟別的股東交代，我們最好訂一個協議什麼的。」

余波笑笑說：「王姐，吳總說的也不是沒有道理，我覺得訂立一個協議，對你們雙方都是一個保障。」

王妍說：「好吧，我們就訂立個協議吧。我可跟你說，事情辦成了，這一百萬可是不夠的。」

吳雯笑著點點頭，說：「我明白的，王姐。」

於是吳雯和王妍經過討論，決定由王妍出面協調，幫海雯置業拿下海濱大道中段的地塊，總運作資金六百萬，前期訂金一百萬，拿到地塊後，海雯置業再付五百萬給王妍。王妍則保證拿到地的價格不會高於海川市的平均地價，如果事情辦不成，願意將前期訂金全部退還。

商談完，吳雯笑著伸出手來，對王妍說：「王姐，合作愉快。」

王妍見這麼輕易就能將六百萬裝入腰包，心裏也十分高興，笑著握住了吳雯的手，說：「合作愉快。」

吳雯說：「回頭我跟公司其他人說一下，等他們同意簽了協議，就將一百萬訂金送過來。」

王妍說：「行，你放心，我一定幫你把這件事情辦好。」

第二章

銀彈攻勢

此刻一百萬白花花的鈔票擺在面前，她還是第一次見到這麼多現金。
王妍伸手去觸摸箱子裏的錢，嶄新的鈔票啊，
摸起來有一種順滑的舒服，這舒服滲到了她的心底，
腦海裏不由得響起一個聲音：這是我的，這是我的。

第二天晚上，曲煒去了王妍住的社區。

一見到王妍，曲煒便不高興地說：「你昨晚怎麼回事啊，怎麼還把電話打到我家裏去了。」

王妍嘴硬地說：「我打的是你手機，我怎麼知道你在家裏？再說，你不是跟你老婆分房睡嗎？你怕什麼？」

曲煒說：「先不說這個啦，你拿是我表妹這個關係來炫耀什麼？你也知道這是用來掩飾我們之間的關係的，並不是真的。」

王妍說：「我怎麼知道她從哪裡得知我是你的表妹的？你有時候不是也在別人面前這麼介紹我嗎？再說，我不也是因爲她是來海川投資的大客商，想爲你籠絡住她嗎？」

曲煒說不過王妍，只好說：「好了，這件事情到此爲止，下不爲例。她找你幹什麼，是不是想跟你拉關係，找我做什麼事情？」

王妍還沒拿到吳雯的一百萬，也就還不想將吳雯要拿地的事情說出來，說不定吳雯後來又反悔了，便說道：

「沒有啦，也就是酒桌上認識的一個朋友，我感覺跟她十分投緣。我們都是女人，都在社會上靠自己打拼，知道女人謀生的不容易，心有同感，也就覺得對方很親切。」

曲煒看了看王妍：「就這麼簡單？」

王妍心虛地說：「你這個人怎麼這樣子？好像誰跟我接觸都有陰謀似的。就是這麼簡單而已。」

曲煒說：「最好是就這麼簡單，我跟你說，這些商人眼睛都是長在頭頂上的，十分精明，她圍著你轉，說不定是打什麼鬼主意。我可警告你，不准打我的旗號去跟底下的人打什麼招呼，我曲煒謹慎了半輩子，可不想因爲你壞了清名。」

王妍看了看曲煒的臉色，曲煒一臉嚴肅，她心裏咯登一下，曲煒向來說一不二，他這麼警告自己，說不定吳雯要辦的那件事情，他也不肯幫自己去辦，心中不由得有些後悔，不該昨晚聽余波攛弄，貿然答應吳雯要跟曲煒溝通這件事情。

但王妍並不甘心放棄，辦成了，那可是一大筆收入，自己經營酒店要多少年才能賺得到啊，於是半是開玩笑半是試探地說：「那我如果這麼做了呢？」

曲煒看著王妍的眼睛，嚴肅問道：「你是認真的嗎？」

王妍在曲煒眼中看到一股殺氣，心中一凜，不由得心虛地笑笑說：「我是跟你開玩笑的，我怎麼會做這樣的事情呢？」

曲煒冷笑了一聲，說：「你最好是開玩笑，否則……」

王妍不高興了，她覺得曲煒不應該這麼對待她，她不求回報的跟著他，他理應對自己好一點才對，便沉著臉問道：「否則什麼？」

曲煒說：「否則我們的關係就該結束了，我可是最討厭我的女人搞這一套。」

聽曲煒說到結束，王妍惱了，心想難怪你一直不肯離婚，原來你心裏已經有跟我結束的念頭了，於是叫道：

「我就知道你已經厭棄我了，想找個理由拋開我是吧？別說我沒跟你要求過什麼，就是要求了也是應該的。你摸摸自己的良心，我跟了你這麼久，你給過我什麼沒有？你對得起我嗎？」

曲煒沒想到王妍的反應會這麼激烈，苦笑了一下：「我不過是個假設，你不用這麼生氣吧？」

王妍說：「我當然要生氣了，我跟了你之後，不但沒得到什麼好處，還要處處小心，又要遮掩這個，又要隱瞞那個，這些辛苦我都能接受，誰叫我喜歡你呢？可是不該我這麼辛苦你不但不領情，反而還來懷疑我。」

說著，王妍委屈地哭了起來。

曲煒也知道他虧欠了這個女人很多，不由得心疼地將她攬進懷裏，陪笑著說：「好啦好啦，是我不好，我不該懷疑你的，對不起，我知道你不會這麼做的。」

「我容易嗎我？」王妍越想越委屈，索性在曲煒懷裏放聲痛哭起來。

曲煒只好不停地說小話兒，好半天王妍才被哄著慢慢停止哭泣了。

曲煒此時已經是滿肚子火了，卻還不得不強壓著，心情就變得更壞了。他來王妍這兒，原本是想來找避風休憩的港灣的，沒想到這王妍不講理起來更麻煩，便開始心生厭倦之意。

曲煒想馬上就抽身回去，可是又怕王妍更惱他，只好強壓住火氣留了下來。這一夜，倆人都沒有了魚水之歡的心情，雖然還是躺在一張床上，卻是背靠著背在賭氣。

曲煒也曾經想將王妍擁入懷裏，卻被王妍把手給推開了，他也就氣惱地轉過身去，不再理會王妍了。

倆人輾轉反側，很長時間都沒睡過去。曲煒明白眼前的王妍已經不是當初認識他，說什麼都沒要求的王妍了，她有了很大的變化，越來越不滿意現狀，竟讓他有些不知道該如何應對。

曲煒想到了那夜在北京梅地亞中心傅華跟他的談話，當時傅華問他究竟真正想要的是什麼？當時他正陷入王妍的溫柔鄉裏不能自拔，所以不能清醒地思考。現在是不是真的到了該要思考他想要的是什麼的時候了？

看來想要找一個無所要求，而且能給自己溫馨感覺的女人是不可能了，起碼眼前這個王妍不行，而且選擇這個女人肯定會危及自己的仕途，是不是需要跟這個女人保持一定的距離呢？

曲煒是一個對自己有很高期許的男人，少年時便有齊家、治國、平天下的願望，他目前的發展勢頭也還可以，很想在海川有所作爲。這時候讓他放棄仕途上的發展是很難的，更何況，他並不是一個溫柔浪漫的男人，不會把女人當做生活中的一切。

曲煒暗自決定，聽從傅華的建議，開始跟王妍保持一定距離，逐漸冷淡她，直到徹底斷了這段關係。

早上，王妍醒來的時候，已經是上午九點多了，不知道曲煒是什麼時候離開的。曲煒爲了掩人耳目，向來是很早就離開的。

起床後的王妍心裏不無後悔，昨晚也不知道中了什麼邪，本來想好好哄哄曲煒，爲開口求他幫吳雯做鋪墊，結果卻跟他鬧了一夜的彆扭。老天爺就這麼邪性，什麼安排都故意跟人本來的想法扭著來。

她倦懶地洗了把臉，草草打扮了一下，便去了酒店。

到了辦公室剛坐下，便有人敲門，王妍喊了一聲「進來」，吳雯笑容滿面地走了進來，說：「王姐，我們公司的股東都同意了。」說著，將隨身帶來的皮箱放到了王妍的辦公桌上打開，裏面是一疊疊百元大鈔，上面放著兩張紙。

吳雯將那兩張白紙拿出來，放到王妍面前，又把皮箱推了過來，說：「王姐，協議

簽了，這一百萬就交給你了。」

吳雯的動作一氣呵成，王妍一時還沒反應過來，半天才回過神來，訕笑著說：「妹妹辦事還真是俐落啊，這麼快就把錢送過來了。」

王妍昨晚被曲煒警告過，早上還在猶豫到底要不要參與這件事，她畢竟是真的喜歡曲煒，因此很在意他的感受，可是此刻一百萬白花花的鈔票擺在面前，她還是第一次見到這麼多現金，不免就有些動搖了。

王妍伸手去觸摸箱子裏的錢，嶄新的鈔票啊，摸起來有一種順滑的舒服，這舒服滲到了她的心底，腦海裏不由得響起一個聲音：這是我的，這是我的。

吳雯在一旁冷眼看著王妍，看到王妍臉上的神色變幻不定，心裏明白王妍此時的心境。很少有人能拒絕這麼一大筆錢的誘惑的。

當初她也經受過跟今天一樣情形的考驗，那時，她像孫瑩一樣，先在仙境夜總會做服務小姐，一位常去仙境夜總會的富商著迷於她的美色，千方百計追求她，可是她想守身如玉，對那富商絲毫不假辭色。

那富商窮追了半年也沒得手，最後終於使出了殺手鐧，也是拿了一個這樣的皮箱，在她面前打開，對她說：「一百萬，就買你陪我一夜，你幹不幹？」

當時自己看到這情形，一下子就目眩神迷，也是手摸著百元大鈔，目光不肯稍離，心裏有一個聲音說：一百萬，這是多大的一筆錢啊，這會是我的嗎？自己做服務生要做多長時間才能賺到？可能這一輩子都賺不到這麼多錢。

於是，就在這一百萬的誘惑下，她放棄了所有的防線，聽憑那個富商爲她寬衣解帶……

現在雖然吳雯擁有的財富早就不止一百萬了，可是當時一百萬現金放在面前的那種誘惑還是記憶猶新。一百萬放在銀行裏只是一個數字，沒什麼感覺，真要一疊一疊放在眼前，就是活生生的誘惑了。

見王妍摸著錢半天不說話，吳雯笑笑說：「王姐，錢已經是你的了，你可以把它收起來了。」

王妍聞言，乾笑了一下，合上了皮箱。

吳雯指了指桌上的協議書，說：「王姐，可以簽字了吧？」

王妍拿起桌上的筆，看了看協議的內容，在最後簽上了自己的名字。

吳雯將協議書收了起來，笑著說：「那我就等王姐的好消息了。」

王妍乾咽了一下唾沫，她對曲煒究竟會不會答應自己已經沒有了底，可是她不願意放棄這到手的財富，於是強作輕鬆的說：

「妹妹你放心，我一定幫你把這件事情辦好。」

北京，紅葉高爾夫球場。

當傅華看到章旻時，心中也不禁爲他的年輕感到驚訝，這是一個看上去還不到三十歲的年輕人。章旻個子不高，皮膚黝黑，頭髮微捲，眼窩深陷，顴骨高聳，明顯與傅華和趙凱這些北方人有明顯的區別。

傅華事先做過功課，知道順達酒店管理有限公司的規模，這是一家起步於南方的酒店管理公司，在廣東福建浙江一帶，已經有十幾家規模不小的酒店，旗下資產幾十億。這樣大的公司管理者竟然是一個不到三十歲的年輕人。看來經濟開放給中國人帶來了極大的財富增長機會，像章旻這樣的年輕人也可以成爲億萬富翁。

傅華笑著跟章旻握手：「看到章董事長，讓我想起了一句話，自古英雄出少年啊。」

章旻呵呵笑了起來：「我應該跟傅主任是同年齡吧。」

傅華笑著搖了搖頭：「年齡是相仿，可章董事長已是億萬富翁，我還是一個小小的芝麻官，不可比，不可比啊。」

趙凱笑著說：「我剛看到章董的當時，也很感嘆，有要被這時代淘汰的感覺，這真是一個英雄輩出的年代啊。」

章旻笑了：「兩位就別來寒磣我了，我比兩位好的一點，就是我生在了一個富貴人家，公司起步的資本都是我們家族出的，不像你們要自己努力。尤其是趙董，白手起家把通匯集團搞得這麼大，這才是真正令人佩服的。」

趙凱笑笑：「好啦，章董，你就別謙虛了，我是知道你的能力的。不錯，你起步的階段是受了家族的支持，可順達做這麼大，也是與你的能力分不開的。」

三人就下了球場。

趙凱先擊球，他拿著球桿比量了一下球的位置，然後輕挪腳步，猛地一揮球桿，白色的高爾夫球騰空躍起，在空中畫出了一道漂亮的弧線，落在了三十米外的標桿附近。

章旻準備擊球的時候，神態就開始變得凝重起來，那份認真和淡定，讓人絲毫看不到眼下年輕人的浮躁感，頗有大家風範。傅華心中暗自稱許，這果然是一個不凡的人物。

章旻的球也畫出了一道漂亮的弧線，傅華笑著說：「看來章董也是箇中高手，我可比你弱很多。」

雖然這麼說，傅華擊出的球也算中規中矩，說得過去。

三人繼續往前走，趙凱走得快一點，傅華和章旻則略微落後些，章旻笑著對傅華說：「傅主任，趙董把你的意思都跟我講了，我能理解你的立場。」

傅華笑笑說：「那章董是同意我的要求了？」

章旻點了點頭：「原則上同意，不過，我有一個小小的附帶條件。」

傅華看了章旻一眼：「什麼條件？」

章旻說：「我知道傅主任原來是海川市市長曲煒的秘書，你能不能介紹我認識一下曲市長？」

傅華笑道：「怎麼，順達對我們海川市感興趣？」

章旻笑笑說：「眼下中國經濟發展的這麼好，很多人看好中國的酒店業，於是加入這一行的資本家越來越多，一線的大城市已經有很多經營很好的酒店，我們順達酒店管理公司根基在南方，初到北方發展，不想馬上就投入到大城市的競爭紅海中去，反倒是國內的二三線城市，酒店的競爭還處於藍海階段，我們很想選擇幾個風景優美、有旅遊資源、經濟發展較好的二線城市進行佈局。海川正是這樣一個城市，所以我們想在那裡建立我們在東海省的第一家酒店。」

傅華笑了：「章董很有戰略眼光啊，看來順達和我們駐京辦的合作，也是考慮了這方面的因素吧？」

章旻笑笑說：「各取所需，這不好嗎？」

傅華說：「好，確實很好，你放心吧，我會儘快做安排的。」

說話間，就到了球的落點，趙凱再次擺好姿勢，開始擊球了。

幾天後，三方正式敲定了合同的細節，傅華將情況專門彙報給了曲煒，曲煒對達成的協議十分滿意，高興地稱讚了傅華，傅華趁機講了順達酒店管理有限公司的董事長章旻想要見他，曲煒笑笑說：「好啊，我們海川市歡迎他來。」

於是駐京辦的海川大廈項目正式啓動，傅華開始辦理一連串的設計、報批、申建工作，忙得是不亦樂乎。

曲煒見到章旻的時候，也爲他的年輕感到驚訝，心想怎麼會這麼年輕？心中未免有些輕視。可細談下來，曲煒很快就打消了顧慮。

章旻從海川市的地理位置、旅遊資源談起，談到了沿海開放給海川市帶來的巨大改變、海川城市的未來發展，以及順達酒店將來落戶海川的定位……曲煒沒想到章旻會這麼深入地去瞭解海川，越發對這個年輕人有了好感，他和章旻越談越投機，不覺都有惺惺相惜之感。

晚上，曲煒在海益酒店設宴款待章旻，曲煒尊重章旻，見章旻不是很喜歡鬧酒，也就不讓人刻意去勸章旻的酒。眾人邊吃邊聊，氣氛雖然不是十分熱烈，卻很融洽。

王妍敲門走了進來，曲煒看了她一眼，見王妍正用幽怨的眼神看著他，他這段時間

沒有去她那裏，心知這個女人肯定有些不滿，連忙避開了她的眼神。

王妍見曲煒避開她的眼神，暗自苦笑了一下，難怪這個冤家好長時間沒去自己那裏了，看來是有意見了，也不知道自己什麼事情做得不好，讓他生氣了。

不過，房間裏眾人的眼睛都看著自己呢，王妍沒有時間去考慮原因，笑著對眾人說：「我是海益酒店的老闆，今天曲市長邀請各位在我店裏做客，我十分榮幸，特意過來給各位敬一杯酒。」

王妍落落大方，曲煒反而不好意思了，連忙笑著對章旻介紹說：「這位是海益酒店的老闆王妍，一向很熱情的，每次我來，她都會來敬酒。」

章旻站了起來，笑著說：「很高興認識王老闆。」

王妍笑著跟章旻握手，一邊看著曲煒問：「這位是？」

曲煒說：「這位是大老闆了，順達酒店管理公司的章董事長。」

王妍笑著說：「您好，章董，今天到了我這小店，可要跟我好好喝一杯啊。」

章旻笑著搖了搖頭：「王老闆，我酒量不行，你沒看曲市長都沒怎麼勸我的酒嗎？」

曲煒笑笑說：「好了，王妍，章董來自南方，跟我們不同，他們都是隨意喝的。我看這樣，你就通敬一杯，表個意思好了。」

「好吧，我聽曲市長的。」王妍便給酒桌上的人都倒滿了酒，然後端起酒杯，笑著說：「我就不囉嗦了，只希望各位今晚在小店過得愉快。」

說完，王妍仰脖將杯中酒乾掉了。

章旻看著王妍，笑說：「王老闆真是爽快。」

「章董誇獎了，您是貴客，不必一下子喝完，隨意就好。」

章旻笑笑說：「我不喝完，豈不是對女士不夠尊重。」說完，也是一口乾掉了杯中酒。

王妍笑道：「看來章董也是爽快人，謝謝了。」

滿桌的人看章旻都喝了，紛紛將杯中酒也乾掉了。

王妍站了起來：「我的敬意盡到了，各位慢慢喝，我就不打攪了。」

曲煒說：「你去吧。」

王妍就走向門口，開了門，回頭看了一眼曲煒，見曲煒也正看著她，心說你總算還肯關心我，便嫣然一笑，出去了。

眾人回到了原來的話題，繼續酒宴。

酒宴結束，曲煒和章旻離開雅座往外走，王妍接到服務員通知，也趕忙出來送他們。

曲煒先將章旻送上車，王妍揮手跟章旻道別致意，章旻在車內揮了揮手，算是告別，車子便開動離開了。

曲煒的專車也開了過來，曲煒正準備要上車離開，王妍搶前余波一步，幫曲煒打開了車門。

曲煒看了她一眼，沒說什麼，就往車裏走，經過王妍身邊時，王妍柔聲地說：「晚上我等你。」

聲音很低，曲煒卻字字入耳，他若無其事地上了車，卻偷瞄了一眼周圍，見沒人注意，這才放下心靠到椅背上。車子隨之開走了。

王妍看著車子揚塵而去，苦笑了一下，她對曲煒今晚會不會來找自己沒有絲毫把握。如果曲煒今晚不去自己那兒，就表示他要跟自己徹底斷了，那可怎麼辦？接下吳雯的錢已經有些日子了，自己連跟曲煒見面的機會都不多，又怎麼幫吳雯辦她的事情？再說，自己肚中的孩子一天天的在長大，這時候如果曲煒離自己而去，要自己拿這個孩子怎麼辦？

「媽的。」王妍忍不住罵了句粗口，這些臭男人一個比一個心硬，跟自己要好的時候，說得比唱得還好聽，一轉眼就把她棄之如敝屣，讓她陷入如此尷尬的境地。

雖然王妍心生怨懟，可她對曲煒還是抱著一線希望，就回店裏交代了幾句，趕忙回家了，她要回去好好準備一下，好迎接曲煒的到來。

車子開動的時候，曲煒注意到王妍站在酒店門口，深情地看著自己離去。等車子開出好遠了，他還是有這種感覺，似乎王妍一直在車後看著自己，便忍不住回過頭去看了看，發現海益酒店早就看不到了，不由得暗自苦笑了一下，要放下她還真是不容易。

曲煒腦海裏響起了王妍說的「今晚我等你」這句話，去還是不去呢？不去，就意味著自己要跟王妍徹底斷絕關係，捨得嗎？

曲煒想起了王妍的好，那些王妍帶給他的歡愉歷歷在目，就這麼捨棄她是不是太絕情了？但是去的話，這幾日冷落她的功夫就算白做了。

曲煒從來沒有這麼優柔寡斷過，車子忽然停了下來，他愣了一下，說：「怎麼停車了？」

余波在前座回過頭來：「到您家了，曲市長。」

曲煒往外看了看，確實到家了，不覺啞然失笑，自嘲的說：「我今晚有點喝多了。」

余波看了曲煒一眼：「要不要我送您進去？」

「進去嗎？」曲煒暗自問了自己一句。這一刻，他又想到了妻子林麗冷若冰霜的臉，我真的要回這個家嗎？

他打了一個寒戰，忽然明白爲什麼今晚會選擇海益酒店請客，原來潛意識中，他還是在眷戀王妍，還是無法放棄她。

「掉頭，我不回去，」曲煒指揮司機說，「我忘了今晚還有事情沒做。」

曲煒也沒說要去哪裡，司機將車開出了政府大院，看了看余波，余波沒等到進一步的指示，心中就明白曲煒究竟想要去哪裡，便指點著司機將車開到了王妍住的社區外。

曲煒說了句：「你們回去休息吧，明早早些來接我。」便下了車。

余波在車裏看著曲煒走進社區裏，暗自冷笑了一聲，看來多強硬的男人也架不住女人的溫柔陷阱，曲煒這樣一個掌控一座幾百萬人口城市、平素指揮若定的男人，還不是老老實實又拜倒在王妍的石榴裙下了。

最近一段時間曲煒刻意冷淡王妍，是瞞不過余波這個秘書的，他不知道倆人間究竟發生了什麼事，可是他不願意看到倆人關係的破裂，這兩人如果關係破裂，那就意味著吳雯求王妍幫忙的事情破局，那樣自己預期可能得到吳雯的厚謝也變得徹底無望。話說那個吳雯是很大方的，余波可不想失去這筆外快。

今晚他將宴客安排在海益酒店，余波是想趁著曲煒結識章旻高興之機，試探一下曲煒對王妍真正的態度，如果曲煒拒絕這麼安排，那就意味著王妍算是沒指望了。

沒想到曲煒沒加思索就認可了，余波不由暗喜，看來倆人的關係也不是不可挽回。現在看曲煒進了社區，余波就知道，曲煒還是逃不開王妍的情網的。

王妍回到家，就趕緊洗澡做皮膚保養，匆匆將這一切做完，便穿著睡衣去客廳坐著等曲煒的到來。

時間一分一秒的過去，計算著時間，曲煒應該早就回到家了，王妍心裏越來越沉，看來今晚曲煒不會來了。

王妍悲上心頭，忍不住流下淚來，看來曲煒真的不想再理她了，這個冤家究竟爲什麼生了氣啊？她一時想不出頭緒，也懶得去臥室，就倦懶地靠在沙發上，聽憑淚水流在保養得宜的臉龐上。

鑰匙開門的聲音將王妍從悲傷中喚醒，她慌忙擦了把臉，驚喜地衝到了門口。門開了，曲煒走了進來，她一下子撲進了曲煒的懷裏：「你這個壞蛋，我還以爲你不來了呢。」

從前的氛圍又回來了，曲煒不捨的就是這種回到家有人噓寒問暖的感覺，這是林麗不肯給他的，卻是他這樣一個要在外面對抗風風雨雨的男人最需要的。

曲煒聽出王妍笑聲中帶著哭腔，便知道剛才這個女人度過了一段很是煎熬的時刻，未免有些心疼，便抱緊了她，說：「我怎麼會不來呢，傻瓜。」

王妍幽怨地說：「你可是有些日子沒過來了，我不叫你你還不知道來。」

曲煒笑笑：「我最近忙了一些，有時辦完公就已經是下半夜了，怕打攪你休息，就睡在賓館了。」

王妍說：「你不來我很想你的，本來還以爲你不要我了。」

曲煒加了勁抱了一下王妍，這種熟悉的女人甜蜜氣味讓他很是沉醉，忍不住說：「我怎麼捨得。」

曲煒想要跟王妍了斷的努力徹底失敗，一切都恢復到了從前。

但真的恢復到了從前嗎？顯然那是不可能的。些微的裂痕已經在倆人中間產生，眼下雖然看不出來，甚至倆人都在小心翼翼維護重新和好的關係，似乎這場曖昧變得更加甜蜜。

可是危機只是被掩蓋了下去，並沒有消除，原本兩人之間那種自然融洽的相處沒有了，變成了不得不精心思考一句話、一個動作，生怕因爲一不小心，再次招惹對方的不滿。

倆人再也無法回到那種如魚得水的氛圍中了，但這段關係雖然變得平淡，曲煒和王妍卻各自有不捨得放棄的理由，也就這樣維持著。

時間在忙碌中一天天過去，有了趙凱從旁協助，傅華辦好了海川大廈開工建設所需的一切手續，他便跟趙凱商量，想擇個好日子弄個奠基儀式。

趙凱也覺得是應該搞個奠基儀式，說：「可以啊，對了，你準備邀請誰來參加？」

傅華說：「我想邀請我們市長和通匯集團、順達酒店管理有限公司三方的人參加就好了。」

趙凱說：「這些人是應該邀請，但不夠。」

傅華笑著問：「叔叔，你還準備請誰？」

趙凱說：「你不是認識鄭老嗎？他是你們海川出來的領導，爲什麼你不請他？」

傅華說：「這個問題我考慮過了，請鄭老，我怕小婷會有意見。」

趙凱笑了：「你能顧及到小婷的感受我很高興，不過，你這是在工作，請鄭老來，日後大廈的建設能夠減少很多麻煩，對大廈有利，不要讓兒女私情干擾你。」

傅華點頭說：「我明白了叔叔，回頭我去邀請鄭老。」

趙凱說：「小婷那邊萬一真有什麼意見，我會幫你解釋的。再是朝陽地面上的領導也要邀請，這個交給我吧。」

倆人又敲定了一些細節，便分頭去做自己的工作。

傅華買了些時令水果去鄭老家。

鄭老見到他很高興：「小傅啊，你來看我就好了，帶什麼東西啊。」

傅華笑著說：「隨手而已。鄭老您身體還好嗎？」

鄭老說：「還不錯，你們駐京辦的工作怎麼樣？」

傅華笑說：「還是鄭老關心我們，我正想跟您彙報呢，我們駐京辦要蓋大樓了。」

鄭老說：「哦，小傅啊，你果然有能力，來駐京辦這麼短的時間就要蓋起大樓來了。」

傅華說：「也不是駐京辦一家出資，通匯集團和順達酒店管理公司也有出資，我們是三方合作。主要是我考慮原來駐京辦的地方很小，連在京的海川人想搞個聚會都無法安排，所以想建個酒店，順便搞個海川風味的餐館，讓我們這些在京的海川人也能常常吃到家鄉的風味。」

鄭老笑著點點頭：「這是好事啊，我支持你。」

傅華笑著說：「您既然說要支持，可不能就口頭支持。」

鄭老笑了：「我說你這傢伙今天怎麼突然好心來看我了，原來別有所圖，說吧，想要我幹什麼？」

傅華說：「您如果身體允許的話，我們駐京辦想邀請您作爲貴賓，出席我們的奠基儀式。」說著拿出了請帖。

鄭老把請帖接了過去，說：「這個活動我一定要參加。」

中午，鄭莉去爺爺家吃飯，看見桌子上的請帖，拿起來看了一下，便扔在桌上了，說：「這個傅華真會使喚人。」

鄭老笑笑說：「他這也是爲海川做了一件好事，我去對他也是一種支持。」

鄭莉冷笑了一聲：「爺爺，你就被他騙吧，他是想拉你這面大旗作虎皮，當我不知道呢。」

鄭老說：「你別這麼說傅華，這種虎皮我願意做。」

老太太說：「小莉啊，那天你陪你爺爺去吧，他年紀大了，需要有個照應。」

鄭莉臉沉了下來，她想起了那天趙婷對她的態度，更不願意見到傅華跟趙婷卿卿我我的樣子：「我不去，誰愛去誰去。」

老太太看了看鄭莉：「這是怎麼了？前段時間我看你對傅華不是挺有好感的嗎？我還想你會跟他……」

鄭莉不高興了，打斷老太太的話：「奶奶，我會跟他什麼？人家已經有女朋友了。你再別瞎猜了。」

鄭老愣了一下：「小傅什麼時候有女朋友了？他怎麼沒說過啊？」

老太太也說：「這是怎麼回事？我原本以為他跟你能發展下去呢。小莉啊，你失去了一個好機會啊。」

鄭莉這些天一直很鬱悶，很想找人傾訴，在爺爺奶奶面前再也難以掩飾心中難過：「我怎麼知道他那麼被動，喜歡被女人追，我又沒那麼厚臉皮。」

鄭老搖了搖頭說：「你沒聽老話說『男追女隔座山，女追男隔層紙』嗎？你要是勇於爭取，不是就不會是別人的了嗎？」

鄭莉說：「現在已經這樣了，你要我怎麼辦？再去把傅華追回來？」

鄭老看出孫女確實很喜歡傅華，他也很欣賞傅華，不免為這種狀況感到可惜，嘆了一口氣，沒說什麼。

老太太看出孫女心中的苦悶，疼惜地撫摸著鄭莉的頭髮，說：「孩子，以後還有機會的。唉，你們現在這些年輕人啊，表面上看上去很時髦，實際上比我們當年差得很遠，起碼我們當年敢愛敢恨，不像你們還要矜持一下。」

鄭老說：「好了，你別囉嗦了，小莉本來心裏就不好過。過去的就讓它過去吧，那天小莉還是跟我去吧，總不能跟傅華不再見面了吧？」

鄭莉也不放心鄭老的身體：「好的，我跟爺爺去。」

傅華得到了鄭老肯參加的允諾，便打電話給曲煒，講了奠基儀式的事情，邀請曲煒也來參加。

曲煒想了想說：「算了吧，我就不參加了，最近工作比較忙，去北京來回就得三天，我安排不出時間來。」

傅華想想也是，讓曲煒擱置下手頭工作，就爲了來北京參加駐京辦的奠基儀式，是不太合適，就笑笑說：「那好吧，就不麻煩您了。」

曲煒說：「我雖然不能去，但還是祝賀你們奠基，再是一定要招待好鄭老。」

傅華又通知趙凱，說鄭老已經請到了，還有曲煒不能來參加奠基儀式，問趙凱朝陽區領導那邊請到了誰。趙凱說，朝陽區聽說鄭老要參加，便決定由區裏負責人出面參加奠基儀式並講話。不過章旻說他有事，無法趕到北京，他不參加奠基儀式。

章旻不來，讓傅華心中稍稍有些遺憾，他還挺喜歡這個比自己還年輕的董事長的。

倆人又商量了一些細節問題，一一確定之後，就等奠基儀式到來的那一天了。

第三章

奠基儀式

貴賓都到了，奠基儀式正式開始。
負責人和鄭老先後簡短的講了幾句，講話完，負責人與鄭老、傅華、趙凱、趙婷、鄭莉等人一起拿起鐵鍬，鏟起土往寫著海川大廈奠基的石碑倒過去，海川大廈的奠基儀式便算完成了。

奠基儀式前一天，傅華正在公關公司確定第二天奠基儀式所需要準備的禮炮、司儀小姐，突然接到了章旻的電話。

章旻急匆匆地問道：「傅主任，你在哪裡？」

傅華說：「我在公關公司商量明天的奠基儀式的事情啊。」

章旻說：「你商量好趕緊回來，我找你有事。」

傅華愣了一下，問道：「你在北京啊？」

章旻說：「是的，我剛剛從海川趕回北京。好了不廢話了，你趕緊辦完事回駐京辦來。」

傅華心中詫異，不知道什麼事情這麼十萬火急，匆匆跟公關公司的經理最後確認了一下，趕回了駐京辦。

章旻已經等在那裏了，看到傅華就說：「別問什麼，跟我走，我在車上跟你解釋。」

傅華滿肚子問號，跟著章旻上了他的車。

章旻對他的司機說：「去昌平。」司機發動了車子。

章旻見車子已經離開駐京辦，這才轉頭看著傅華問：「你還記得那個翠海社區的地址嗎？」

傅華愣了一下：「翠海社區？你是衝著王妍來的？」

章旻點了點頭：「王妍又跟曲市長鬧翻了，我是受委託來找她回去的。」

傅華看了章旻一眼，心想這傢伙果然厲害，才去海川幾天，竟然跟曲煒熟到了這種程度，連曲煒最隱私的事情都知道。

章旻笑笑說：「你不用看我，我跟曲市長是惺惺相惜的好朋友，我來是幫他的，我想傅主任跟我的立場應該是一致的。」

傅華笑著說：「我只是沒想到你跟曲市長會這麼快就成了好朋友。」

章旻說：「有的人交往多年都無法知心，有的人一見就相交莫逆，朋友交往不在於多少時間，而在於是否投緣。」

傅華點了點頭：「確實是。」

傅華便告訴司機翠海社區的大致位置，章旻便不再說話，目光轉向了窗外。不覺就到了翠海社區，章旻和傅華來到王妍住的地方，章旻咚咚地敲門，趴在門上細聽裏面的聲音。房子裏面靜悄悄的，不像有人在的樣子。

一位鄰居聽到劇烈的敲門聲，開了門對章旻和傅華說：「你們找誰啊？這家有些日子沒住人了。」

章旻問道：「大姐，你認識這家的主人？」

女鄰居說：「對呀，我認識她，她好像回老家做生意去了，有段日子沒回來了。」

章旻和傅華相互看了一眼，知道再敲門也沒用了，便下了樓，回到車裏。

傅華看章旻半天沒動彈，也不說讓司機回去，就說：「你還要等什麼？回去吧。」

章旻搖了搖頭：「等天黑，看看王妍的家亮不亮燈。」

傅華沒想到章旻做事這麼謹慎，心裏在稱讚他的同時，心情也變得沉重起來，能讓章旻這麼慎重，肯定不會是件小事，看來這次的事情對曲煒來說一定很嚴重。

天色逐漸暗了下來，社區裏的房子一家家亮起了燈，傅華和章旻看了看王妍房子的窗戶，黑洞洞的，一點亮光都沒有。

倆人一直等到午夜，王妍的房子裏絲毫沒有亮燈的跡象，傅華看看章旻說：「再等下去恐怕也沒有用，我們回去吧，我明天還要主持奠基儀式呢。」

章旻嘆了一口氣：「如果王妍沒有回北京，事情就麻煩了。」

傅華心想：最好別找到這個女人，讓曲煒跟她徹底斷了聯繫。曲煒現在被她鬧成這個樣子，甚至不惜拜託章旻來北京找她，再任其發展下去，不知道會糟成什麼結果了。

傅華說：「顯然這裏王妍是沒回來的，我們再等下去也沒意義啊。」

章旻說：「好吧，回去吧。」

司機就掉頭往回開，章旻拿出手機，撥給曲煒：「曲市長，我和傅主任來翠海社區

看了，可以確定她沒回來。」

傅華看著章旻的動作，心中有點不是滋味，本來自己應該比這個章旻跟曲煒更親近的，可是曲煒卻把這麼隱秘的事情全都委託給了章旻來處理，顯而易見，在這件事情上他更信任章旻而不是自己。

曲煒在電話裏嘆了一口氣：「既然她沒回北京，你回來吧。」

章旻說：「好的，我明天就回去。」

見章旻掛了電話，傅華說：「你明天就要趕回去啊？你既然來北京了，參加完奠基儀式再走吧。」

章旻搖了搖頭：「奠基儀式只是走個過場，有沒有我都無所謂的，我已經答應了曲市長回去的，晚上休息一下就要趕回去了。」

傅華看了看章旻，問道：「究竟發生什麼事情了？怎麼會這麼急？」

章旻笑笑：「傅主任，我勸你還是別問了，這是曲市長私人的事情，知道的人越少越好，你可別跟駐京辦其他人講我來昌平了。」

傅華滿腹狐疑，卻不好再說什麼。車子將傅華送到了駐京辦門口，章旻將傅華放下來就離開了。

第二天，在海川大廈的工地上，公關公司已經將奠基儀式的一切事宜都準備好，傅華到了不久，趙凱、趙婷也到了。

九點鐘，駐京辦的車子接來了鄭老和鄭莉。趙婷看見鄭莉從車上下來，面色變了變，一旁的趙凱怕趙婷使小性兒，輕輕地碰了她一下，說：「鄭老是今天的貴賓，走吧，我們跟傅華去迎接。」

趙婷終究是見過世面的，雖然心中不是很高興，但還是連忙跟著趙凱、傅華走到了鄭老和鄭莉面前。

傅華說：「鄭老您來了，我給您介紹，這位是趙凱先生，通匯集團董事長。」

趙凱跟鄭老握手，笑著問候，「您好啊，鄭老。」

鄭老點了點頭，說：「你好，趙董事長。」

傅華又把趙婷拉到身邊，介紹說：「這位是趙婷小姐，是通匯集團駐海川大廈的投資代表。」

趙婷乖巧地跟鄭老握手：「您好，鄭爺爺。」

鄭老親切地說：「好，小姑娘這麼年輕就成了一家公司的投資代表，真能幹。」

趙凱笑笑說：「鄭老太誇獎她了，她是我女兒。」

鄭莉在一旁說：「傅華，你忘了介紹趙小姐還是你女朋友吧？」

鄭老聞言，上下打量了一下趙婷，轉頭對傅華說：「小傅啊，你這就不對了，有這麼漂亮的女朋友也不介紹給我認識。」

傅華不好意思地說：「鄭老您說笑了，改天我會專門帶趙婷去看您的。」

鄭老笑笑說：「可說定啦。」

鄭莉看鄭老一副喜歡趙婷的樣子，不滿爺爺沒有立場，不由地瞪了鄭老一眼。

這一切都看在趙婷眼中，不過，她見鄭老肯定了她傅華女朋友的地位，而且一副很喜歡的樣子，心裏很高興，也就不計較鄭莉的態度了。

她走到了鄭莉面前，笑著說：「鄭姐姐，我正想讓傅華帶我去見你呢，今天見到你就好了，我要跟你說聲對不起，上次我和傅華鬧了一點小意見，不該在你面前發脾氣的，你沒生我的氣吧？」

鄭莉心說你倒挺聰明的，明明是發我脾氣，卻推說是生傅華的氣，我還能說什麼？便笑笑說：「你發過脾氣嗎？沒有哇，我知道你不過是跟傅華鬧著玩的，我又怎麼會生氣呢？」

趙婷笑笑說：「姐姐不生氣就好。」

這時，朝陽區負責人的車到了，趙凱拖著傅華去迎接，負責人個子不高，五十多歲，笑著跟趙凱握手：「恭喜趙董了。」

趙凱說：「謝謝，謝謝。」便介紹了傅華。

負責人跟傅華握手寒暄了幾句之後，便問道：「鄭老到了嗎？」

趙凱說：「到了。」

負責人就跟著趙凱和傅華找到鄭老，跟鄭老握了手，又問候了鄭老的身體狀況，十分的熱情。

貴賓都到了，奠基儀式正式開始。負責人和鄭老先後簡短的講了幾句，無非是肯定海川大廈的啓動之類的場面話。講話完，負責人與鄭老、傅華、趙凱、趙婷、鄭莉等人一起拿起鐵鍬，鏟起土往寫著海川大廈奠基的石碑倒過去，海川大廈的奠基儀式便算完成了。

雖然這是傅華好不容易才得以讓海川大廈正式開工建設的重要日子，可是他此刻卻有些心不在焉，他還在牽掛海川的曲煒，爲曲煒和王妍究竟發生了什麼感到困惑。

此刻，遠在海川市的曲煒聽財政局長彙報的同時，也是心不在焉的，他的注意力早就離開了財政局長所說的枯燥的數字，離開了眼前這個市長辦公室，腦海裏轉來轉去的都是王妍的身影。

曲煒眼前浮現了那晚自己去王妍家的情形，那晚王妍表現得分外溫柔，一進門，她

就迎上來接下了曲煒的公事包，笑著說：「累不累啊？」

曲煒笑笑，他來王妍這裏最享受的，就是這種親人似的問候，很平常的一句話，聽到耳朵裏就是那麼舒服。

曲煒脫下了外套遞給王妍，有點疲憊地說：「開了一整天會，坐得我腰酸背痛的。」

王妍接過外套掛好，曲煒到沙發上坐了下來，王妍立刻過來，在他背後輕輕地給他按揉著肩膀，曲煒很享受，伸了伸脖子說：「你按這幾下還真的很舒服。」

王妍笑說：「我這手法是跟專業推拿技師學的，當然很舒服了。」

曲煒笑笑說：「你好好的老闆不做，學什麼推拿啊？」

王妍說：「還不是爲了你？」

曲煒笑了：「這與我有什麼關係啊？」

王妍說：「一開始是因爲我自己的頸椎有點僵硬，就跑去一家專業的推拿館，那裏的老闆娘手法很好，推拿了幾次，我就有了明顯的改善。我一想，你也是成天坐在那裏工作，很難有時間運動，頸椎肯定也有問題，就特地請教了那個老闆娘，那個老闆娘很好心，教了我幾個簡單的手法。」

曲煒伸手去拍了拍王妍的手：「我真是幸運，能遇到一個對我這麼好的女人。」

王妍笑笑說：「我也很幸運，能夠遇到一個你這樣真心喜歡我的男人。」

曲煒有點感動，他拉著王妍的手，將王妍拉到了自己懷裏，低下頭就去親她。

王妍笑說：「你先別急嘛，我燉了蟲草老鴨湯，中醫說能補虛助陽，對消除疲勞很有效的。你先趁熱喝掉它。」

曲煒笑著鬆開了王妍：「好吧，你把它端來吧。」

王妍就捧來了一碗湯，曲煒很高興地喝掉了。喝完之後，曲煒笑著說：「還有沒有別的了？」

王妍笑了：「你還想要什麼啊？」

曲煒說：「不要了，很晚了，我們休息吧。」

王妍輕點了曲煒額頭一下：「我就知道你想要做什麼。」

曲煒笑笑，沒說話，擁著王妍進了臥室。

也不知道是蟲草老鴨湯起的作用，還是王妍的刻意逢迎，反正曲煒得到了酣暢淋漓的享受，風停雨住之後，他還戀戀不捨地抱住了王妍的胴體，回味這個女人帶給自己的甜蜜。

正當曲煒擁著王妍即將沉入夢鄉的時候，王妍突然說話了：「煒，我想跟你說件事情。」

曲煒已經有點迷迷糊糊了，嗯哼了一聲：「什麼事情啊？我睏了，明天再說不行嗎？」

王妍說：「就是一點小事，不會說很長時間的。」

曲煒閉著眼睛：「好吧，什麼事情啊？」

王妍說：「你還記得那天那個在我酒店打電話給你的那個海雯置業的老總嗎？」

曲煒頭腦不很清醒地回說：「嗯，有點印象吧。」

王妍說：「他們公司想要徵購海濱大道中段那塊地，讓我跟你說一下。你看能不能幫她一下？」

聽到這裏，曲煒身子僵了一下，他一下子明白了爲什麼今天晚上王妍又是給自己按摩，又是燉蟲草老鴨湯的，她這麼逢迎原來是有目的的。

曲煒坐了起來，看著王妍：「你答應她什麼了？」

王妍看曲煒坐了起來，心中不由得有些慌亂，不過，這件事情吳雯早就催過一段時間了，甚至要求如果王妍不能做這件事情，就要她趕緊把錢退還。她已經無法再拖延下去了，便硬著頭皮說：「對，我答應幫她拿到這塊地。」

曲煒冷冷看著王妍：「她答應給你什麼好處？」

王妍看了看曲煒，她摸不準曲煒這麼問真正的意圖，難道曲煒要看得到多少好處才能決定嗎？可是又不太像，只好說：

「她答應我，事成之後付給我六百萬的酬勞。我這也是為了我們的將來，這六百萬我不會自己拿的，是我們共有的。」

曲煒火了，指著王妍說：「你混蛋，我不是警告過你，不准你插手這些事務嗎？你憑什麼答應她？」

王妍抓住了曲煒的胳膊，央求道：「煒，我跟你在一起從來沒要求你做什麼，我只要求你這一次，就這一次，以後我再也不會做這樣的事情了。」

曲煒一把甩開了王妍的胳膊：「不行，絕對不行，你知道你這是什麼行為嗎？你這是讓我受賄，你這是在讓我犯罪。」

王妍說：「也沒有人規定海濱大道中段不能開發，你把這塊地給了海雯置業也不違法，再說，海雯置業那邊的人也不會將這件事情說出去，你怕什麼？」

曲煒說：「我怕什麼，我怕我自己，我怕組織紀律，我怕國家的法律。上面給了我市長的權力不假，可這個權力是讓我為海川市的百姓牟利，而不是讓我為自己牟利的。」

王妍有些絕望地看著曲煒：「曲煒，你真狠心！好，就算你不顧念我跟你之間的感情，你也要為我肚子裏的孩子想想，為了我們的孩子將來能過上好日子，你就幫海雯置

業一次吧，我求你了。」

曲煒愣住了，看著王妍問道：「什麼，你有了我的孩子了？什麼時候的事？」

王妍說：「對，我是有了你的孩子，就是那晚在翠海社區懷上的。」

曲煒說：「你不是跟我說你採取預防措施了嗎？」

王妍苦笑了一下：「我是騙你的，其實那次我離開海川，停服了一段時間避孕藥，我事先也不知道你要來，又怎麼會採取措施？」

曲煒越發火了，他並不相信王妍的解釋，他覺得這一切都是王妍爲了逼自己離婚，事先設下的圈套，便叫道：「你這個女人真是卑鄙，原來這一切都是你算計好了的，你爲了逼我離婚，真是無所不用其極啊。」

王妍聽曲煒這麼說，心像被剜了一刀一樣痛苦，她哀怨地看著曲煒：「煒，你別誤會，我是真的想要爲你生個孩子的。」

曲煒說道：「你說得好聽，到時候孩子生下來，你還不是會以他爲把柄，要脅我離婚跟你結婚。我才不相信你呢。」

王妍看曲煒不聽她的解釋，越發心涼：「我就知道你不肯離婚娶我，好！你不願意離婚也行，只要你肯幫我把海雯置業的事情辦好，孩子我自己生自己帶，我跟你從此斷絕來往。」

曲煒堅決地搖了搖頭：「不行，海雯置業的事情我不會幫你辦的，那是犯罪；至於這個孩子也不能留，你必須把他打掉。」

王妍急了：「什麼，你想讓我把孩子打掉，不可能，這個孩子我一定要的。」

曲煒說：「不行，你一定要去打掉。」

說著，曲煒就去拉王妍，王妍一把打掉了曲煒的手，指著曲煒叫道：「你別碰我，孩子是我的，我一定要留下他來。」

曲煒說：「王妍，你冷靜一下好好想想，這個孩子生下來，對你對我都是很不利的。」

王妍瞪了曲煒一眼：「你別說得那麼好聽，說到底，你都是在為自己考慮，我今天才明白，你這個人真是自私透頂，從頭到尾你都沒愛過我，你愛的只是你自己。」

曲煒還要去拉王妍，王妍指著曲煒叫道：「你別過來，我不允許任何人碰我的孩子。我告訴你，曲煒，你如果敢碰我的孩子，我跟你拚命。」

曲煒見王妍幾近瘋狂，活像一隻護崽的母狼，他也不敢再用強，便坐在床邊看著王妍：「好好，你先冷靜下來，我們慢慢再來談孩子。」

王妍警惕地看著曲煒：「我們沒什麼好談的，孩子我是一定要生下來的。沒有你，我一定也能照顧好他。」

曲煒說：「王妍，你怎麼這麼鑽牛角尖呢？」

王妍指著曲煒說：「你別妄想說服我拿掉孩子，你走，我不想跟你談了。」

曲煒不甘心就這麼離開，還想勸說王妍，王妍卻不想再給他談下去的機會，她叫道：「你走不走？你不走我可叫了。」

在深夜中，一個女人大叫是會引來很多人的關注的，曲煒不敢把事情鬧大，只好說：「好好，我走。」

說完，曲煒穿好了衣服，狼狽地離開了王妍的家。

第二天，曲煒再打王妍的電話，想要跟王妍好好談談，王妍卻根本就不接電話。曲煒想了想，認爲還是讓王妍先冷靜幾天再來談，他也不方便直接找上海益酒店去，就算真的找上門去，王妍要鬧起來，他也沒辦法解決，也就把事情暫時放下了。

過了幾天，曲煒估計王妍多少也消了點氣了，就試著再次打電話去，結果王妍的手機關機了，打到酒店的辦公室也沒有人接，他意識到問題不像他想得那麼簡單，趕緊派余波去海益酒店打聽，結果酒店的人說王妍離開海川，到外地去了。

曲煒急了，王妍擺明是要到外地去把孩子生下來啊，到時候她領一個孩子回來怎麼辦，那時到底是認還是不認呢？認了，就等於在社會公眾面前承認他作風有問題；不認，那王妍如何肯善罷甘休？

曲煒暗自懊悔那晚沒有想辦法強迫王妍去把孩子打掉，弄得現在上不去下不來的。他心中也在恨王妍，想搞這種生米煮成熟飯的把戲逼著他認賬。

曲煒在辦公室裏像熱鍋上的螞蟻一樣轉了半天，他不甘心就這麼坐以待斃，想來想去，認爲必須要把這件事情解決掉。可是他一個市長，每行動一步都有人在看著，他無法出面處理這件事情，必須找一個人來幫助他處理這件事情。

曲煒第一個想到的人選是傅華，因爲他對王妍離開海川的第一個判斷，就是她去了北京，而目前在北京可以信得過的人當然是傅華。

可是接下來，曲煒就猶豫了，他是瞭解傅華的，傅華做人雖然不乏圓通之處，可他爲人正直，從他一再勸自己離開王妍這一點上，就可以看得出來。

曲煒明白想要傅華做過於出格的事情，顯然是不可能的，可王妍這件事情不出格是解決不掉的，傅華顯然不是一個合適的人選。

那什麼人合適呢？曲煒把身邊的朋友過了一個遍，每個人都有或這或那的原因，不適合參與這件事情。因爲這些人都與海川有著千絲萬縷的聯繫，就算他們肯做這件事情，曲煒也不敢拜託他們去做，他怕這件事情傳到孫永的耳朵裏，被孫永利用，成爲打擊他的武器。

正在曲煒坐困愁城的時候，余波敲門進來，說章旻求見。曲煒眼前一亮，對呀，怎麼就沒想起章旻來呢？章旻來辦這件事最合適不過了，他新到海川不久，還不接海川的地氣，再是章旻雖然跟他認識不久，可與他性情相投，這段時間下來，已經算是他的好朋友了。

最關鍵的一點，章旻這些天在海川流連，為他的新酒店選址，需要他的幫忙，這樣一個有求於己的人，應該不會拒絕他的求助的。

曲煒連忙對余波說：「快請章董進來。」

一會兒，章旻走進了曲煒的辦公室。

曲煒跟章旻握手道：「章董，找到了你想要建酒店的位置了嗎？」

章旻笑著說：「我看好了一塊地方，正要跟您說呢。」

曲煒說：「坐坐。」就把章旻讓到了沙發上坐下。

余波送了茶進來，曲煒說：「小余啊，我跟章董談點事情，不要讓人打攪我們。」

余波應了一聲，關上門出去了。

曲煒看了一眼章旻：「章董，你看好了什麼地方？」

章旻講了位置，曲煒聽了，覺得沒什麼問題，便笑著說：「這塊地不錯，回頭我跟有關部門說一聲，讓你們順達可以把它徵購下來。」

「那我要謝謝曲市長了。」

「章董說謝謝就客氣了。你我雖說認識時間不長，可我感覺跟章董就像做了多年朋友似的。不知道章董對我是怎麼看的？」

章旻笑笑說：「我也有同感。」

曲煒看著章旻說：「那我可以把章董當成朋友嗎？」

章旻笑笑說：「當然了，我求之不得。」

曲煒到這個時候已經別無選擇了，也只好冒險一試：「章董，我有一件很爲難的事情，想要你幫我一下，不知道可不可以？」

章旻愣了一下，他以爲曲煒想要索賄，雖然他反感曲煒這麼直接，可是他事先也有打算給曲煒一點金錢方面的好處，便笑道：

「曲市長果然是一個直爽的人，說吧，您需要多少？」

曲煒搖了搖頭：「章董誤會了，不是你想的那樣，我不是想向你要什麼好處的。」

章旻奇怪說：「那您想要我做什麼？」

曲煒尷尬地笑了笑：「說起來不好意思，我因爲家庭生活不幸福，跟一個女人有了關係，這個女人你也認識，就是海益酒店的老闆娘王妍。」

章旻並不意外：「哦，那位王老闆啊。」

曲煒說：「是，現在因爲我不小心，王妍懷孕了，她想以此來逼我娶她，我不同意，因此賭氣離開了海川。我想你對現在的官場應該很瞭解，如果王妍真拿孩子逼我離婚，我的處境將會很艱難。」

章旻看著曲煒：「那我能幫您做什麼？」

曲煒說：「我想請你幫我把她找回來，讓她打掉孩子。」

章旻爲難地看了看曲煒：「這個……」

曲煒說：「你無論如何也要幫幫我。」

章旻這段日子跟曲煒相處下來，也覺得跟曲煒很投緣，所以他跟曲煒說當他是朋友，並不是一句假話。章旻是一個仗義的人，他明白這件事情鬧大了，一定會危及曲煒的仕途的，既然曲煒求到了自己，從朋友的立場上看也應該幫曲煒，更何況，這件事情背後還有著一定的利益在。

章旻說：「那我去哪裡找這個王老闆？」

曲煒暗自鬆了一口氣，他很害怕章旻拒絕自己，章旻如果拒絕了自己，那他只有坐以待斃了。

曲煒說：「你去北京找傅華，可能王妍躲在北京，傅華知道她住在什麼地方。」

章旻說：「好吧，我把別的事情先擱下，馬上趕往北京。」

曲煒感激地拍了拍章旻的肩膀：「我就不說什麼感謝的話了，心裏記下了。」

於是這才有了章旻匆忙的北京之行。

曲煒沒想到的是，王妍竟然沒在北京，很可能是王妍因爲上次他找到了昌平的翠海社區，怕他再次找上門去。

怎麼原來就沒發現這個女人這麼有心計呢？曲煒不由得心生寒意，對王妍更加有了一種恐懼之感。

財政局局長彙報完了。

「曲市長，您看對財政局的工作還有什麼指示沒有？」

曲煒聞言，腦子從王妍身上轉了回來，對財政局長的彙報，他基本上一句都沒聽進去，又如何談得上對財政局長有什麼指示，不過他的反應很快：

「你們的工作做得不錯，很好。今天就這樣吧，你先回去。」

財政局長點了點頭，站起來走出去了。

見財政局長離開，曲煒趕緊撥通了章旻的電話：「章董，你到哪裡了？」

章旻說：「我快到海川了。」

曲煒說：「我在辦公室等你，你回來直接過來吧。」

曲煒在辦公室等了一個小時，章旻匆匆忙忙趕來了，曲煒看章旻一臉疲憊，問道：「趕了一夜吧？」

章旻笑笑：「我在路上多少睡了一點，只是辛苦了司機了。」

曲煒說：「辛苦了。」

章旻說：「沒事的，只是沒做成您要做的事情，沒找到王妍。你再想想，王妍除了北京，還可能去什麼地方？」

曲煒說：「我現在心裏一團亂，想不到除了北京她還會去哪裡。」

章旻想了想：「有個辦法可以試一試，您可以問問機場，讓他們查一查王妍有沒有坐飛機離開海川。」

曲煒說：「對呀，我問一下。」

說著，曲煒就去撥了電話，跟機場查詢王妍最近有沒有坐飛機的記錄，很快他就得到了想要的答案，回來對坐在沙發上的章旻說：「王妍去了南江省勻州市，我想起來了，她說過有一個親戚在勻州工商局工作。」

章旻笑了：「南江省是我的根據地，想不到她跑到那裏去了。好了，剩下的事情交給我去辦吧，正好我也想回去一趟了。」

吳雯發現王妍的手機打不通了，有點慌了，這王妍發生什麼事情了，她不會拿著一百萬跑了吧？

吳雯忽然覺得當初那麼相信王妍是有點盲目了，雖然王妍讓她跟曲煒通了電話，可曲煒並沒有在電話裏承諾什麼，就這麼把一百萬給王妍，真是有點冒失。特別是王妍接了一百萬之後，再談起徵購海濱大道中段地塊的事情來，便變得吞吞吐吐，一再藉故拖延。

吳雯坐不住了，就找到了海益酒店，結果櫃臺小姐說老闆離開海川到外地去了，什麼時間回來不知道。吳雯呆住了，這算怎麼回事？王妍怎麼能不打招呼就離開海川了呢？那自己的事情要怎麼辦？

吳雯趕緊撥通了余波的電話：「余秘書，你知不知道王妍離開海川了？」

余波低聲說：「我現在在辦公室，回頭見面說吧。」

吳雯急了：「什麼見面說，到底怎麼回事啊？」

余波說：「我們中午一起吃飯吧，到時候我跟你說，好嗎？」

吳雯不高興地說：「好吧，中午見。」

中午，飯店的雅間裏，吳雯見到余波就問：「王妍去哪裡了？」

余波苦笑了一下：「我現在也不知道。」

吳雯火了：「喂，余秘書，什麼叫你也不知道？你可別忘了，是你介紹我認識王妍的，基於對你的信任，我才給了王妍一百萬的。」

余波連忙衝著吳雯擺手說：「好啦，你別急，我跟你說，我現在只知道王妍離開海川不是因爲躲你，她跟曲市長吵架了，她在躲曲市長。」

吳雯很詫異：「表妹跟表哥吵架有什麼，用得著躲出海川嗎？」

余波說：「到這個地步，我跟你說實話吧，他們不是表兄妹，他們是情人關係。」

吳雯看了看余波，不滿地說：「你一開始就在騙我。」

余波說：「我不是故意要騙你的，實在是他們公開對外宣稱的關係就是表兄妹，我沒辦法跟你說實話。我以爲你見多識廣，能看出他們的關係呢。」

吳雯說：「這個且不去管它，你知道他們爲什麼吵翻了？」

余波說：「具體原因我也不知道，我只知道曲煒現在也在找她。」

吳雯看了看余波：「不會是因爲我那件事情曲煒不想做，他們才鬧翻的吧？」

余波尷尬地笑了笑，他心裏也高度懷疑就是吳雯所說的原因，不過他是中間人，有份參與的，就不想在事情沒有根據的時候把焦點引到這上面，便說：

「應該不會，可能是王妍逼曲煒離婚吧，上次他們吵架，王妍跑去北京，就是因爲離婚的事情。對了，王妍會不會跑北京去了？」

余波還不知道曲煒已經讓章旻去北京找過了沒找到，所以才會有此一說。

吳雯說：「去北京了？你確定？」

余波點了點說：「我估計應該是。」

吳雯說：「那我去北京找她。」

余波說：「不用這麼急吧？」

吳雯說：「什麼不用急，我給她一百萬已經有一段時間了，現在她還不知道什麼時間回來，你讓我怎麼跟公司交代？好啦，你知道她在北京的地址嗎？」

余波說：「在昌平的翠海社區，傅主任知道，他去過的。」

吳雯說：「那我去找傅華。」

第四章

借刀殺人

孫永看了看王妍，心説這件事情就這麼放棄了也很可惜，
是不是可以利用一下？眼前這個女人現在已經恨曲煒入骨，
這倒是一把好刀，可以借機殺殺曲煒的風頭，
就算不能把曲煒怎麼樣，也可以把曲煒的名聲搞臭。

傅華正在工地上跟施工單位交涉工程的事情，接到了吳雯的電話。

吳雯開口就問：「你在哪裡？」

傅華笑笑說：「我在朝陽的一個工地上，有什麼事情嗎？」

吳雯說：「你告訴我具體的地址，我過去找你。」

傅華講了自己的地址，過了一會兒，吳雯的寶馬車開進了工地，傅華迎了出去，「什麼時間回北京的？」

吳雯說：「昨天回來的。上車，跟我出去一趟。」

傅華坐上了車：「去哪裡？」

吳雯說：「去昌平那個翠海社區，你來帶路。」

傅華愣了一下：「你怎麼也跟王妍牽上了關係？」

吳雯說：「哎，一言難盡，你先帶我找到她再說吧。」

傅華說：「別去了，去了也沒用，王妍這次沒回北京。」

吳雯看了看傅華：「你怎麼知道王妍沒回來？」

傅華說：「我前兩天才去找過，鄰居說，她很長時間都沒回來了。」

吳雯說：「你們曲市長派人來找過她了？」

傅華說：「對呀，你怎麼知道，哦，我明白了，余波告訴你的。」

吳雯說：「你錯了，是佘波告訴我王妍可能來北京，我才趕回來的。」

傅華有些詫異：「難道連佘波都不知道王妍這次跑掉的原因？」

吳雯問道：「那你知道嗎？」

傅華搖了搖頭：「我也不知道，這次曲市長派來的人神神秘秘的，不肯透露原因。」

吳雯嘆了口氣：「看來有可能是因爲我的原因了。」

傅華看了吳雯一眼：「怎麼會因爲你？」

吳雯說：「傅華啊，是我不該不聽你的話，非要拿那塊海濱大道的地。」

吳雯就講了事情的來龍去脈，然後說：「這一次曲煒跟王妍吵架，我猜最大的可能，是王妍跟曲煒提出了我的要求，被曲煒堅決拒絕了，王妍看賺不到我的錢了，就跟曲煒鬧翻了。」

傅華看了吳雯一眼：「吳總，你要叫我說什麼好呢？我對曲市長再熟悉不過了，他是不會在工作上違背原則的。」

吳雯煩躁地說：「好啦好啦，我是因爲生氣你不肯幫我，想做出個樣子給你看，誰想到會遇到這麼椿事情。」

傅華說：「眼見這一次王妍跟曲煒是鬧翻了，曲煒更不會做這件事情了，回頭你趕緊把錢要回來吧。」

吳雯說：「好的，我放棄了行吧？現在關鍵是我上哪兒找王妍呢？」

傅華說：「你不是還有你乾爹那邊的人可以幫忙嗎？」

吳雯說：「王妍如果在北京還好說，不在北京，我乾爹也沒辦法。」

傅華說：「實在沒招，你也只好回海川等著了。」

吳雯說：「王妍會回海川？」

傅華說：「她還有一個酒店在海川，消了氣之後一定會回去的。」

吳雯苦笑了一下：「她現在拿了我一百萬，足可以在外面逍遙一段時間了，這個臭娘兒們，唬得我一愣一愣的。惹火了我，我舉報她詐騙。」

傅華怕這件事情牽涉出曲煒來，趕忙攔阻說：「不行，這樣會傷害到曲市長的。再說，你如果舉報了，你的企業在海川還能容身嗎？」

吳雯看了看傅華：「也是，不好意思，當初你提醒我這塊地不能拿，我還對你有意見，現在看來這塊地是很麻煩。」

傅華說：「沒什麼啦，我只是比你瞭解曲煒的個性而已。其實這件事情你不用急，王妍還有一個酒店在海川，那一百萬跑不掉的。」

吳雯無奈道：「實話說，我倒不是在乎這一百萬，我是覺得竟然被這樣一個女人給騙了。好吧，我聽你的，回海川等她的消息吧。」

傅華說：「可能不會等很久，我現在不知道什麼原因致使王妍這麼做，但我知道曲煒一定不會放任她這樣下去的。」

吳雯說：「我知道了。」

傅華下了車，吳雯開著車離開了。傅華越發緊張，這一次連余波都不知道是怎麼回事，曲煒的麻煩看來大了。

傅華心中惴惴不安，過了幾天，便打電話給身在海川的丁益，閒聊了幾句之後，他裝作無意地問道：「我這段時間都不在海川，海川有什麼事情沒有？」

丁益說：「沒什麼事情，一切都很正常啊。」

如果曲煒有什麼閃失，丁益應該能知道，傅華暗自詫異，曲煒和王妍鬧這一齣，竟然一點風聲都沒透出來。

傅華笑笑說：「沒有就好。」

丁益說：「你最近見過賈主任沒有？」

傅華說：「我最近忙工地的事情，沒有跟他聯繫。你們上市的事情怎麼樣了？」

丁益說：「事情在按部就班的進行著呢，我跟你提賈主任，是因爲他的『秋聲』劇本已經完成了，正在緊鑼密鼓的排練呢，他沒找你給點意見？」

傅華笑了，說：「我又不是很懂京劇，有那麼多專家守著，何必來諮詢我。」

一晃又過去了大半個月，傅華接到了吳雯的電話，電話裏，吳雯說王妍回來了。

傅華說：「回來就好，你跟她交涉過你的事情嗎？」

吳雯說：「談過一點，她說事情她還在辦理，讓我再給她一點時間。」

「你同意了？」

「我同意了。」

「你怎麼能同意呢？你明明知道她辦不成的。」

「你不知道，傅華，王妍這次回來，整個人都變了個樣子，虛弱得很，我看了都不忍心，反正我也不急著用這一百萬，就讓她緩一段時間吧。」

傅華問：「發生了什麼事情？」

吳雯說：「我也不知道，王妍不肯說，不過看上去她被折騰得不輕，說話都有氣無力的。你們這些臭男人真不是東西，好好一個生龍活虎的女人竟然被弄成這個樣子。」

傅華心說這又不是我幹的，不過，要是分辯的話，吳雯就會罵到曲煒頭上，便乾笑了一下說：「好啦，只要你的錢沒事就好了，我掛了。」

吳雯掛了電話。傅華一肚子的謎團卻無從得到解答，只好悶在心裏。

晚上，在海益酒店裏，王妍的辦公室。

王妍仰靠在沙發上，眼睛微閉，臉上毫無生氣，十分的憔悴。

有人敲門，王妍喊了一聲進來，櫃臺的服務員走了進來，說：「王總，孫永書記來吃飯了。」

王妍毫無表情地說：「好了，我知道了，你出去吧。」

服務員愣了一下，通常王妍知道有重要人物來吃飯都會感到很高興，會讓雅座的服務員留意菜上到一定的程度通知她，她就會去敬酒。今天實在反常。

服務員不敢問什麼，轉身出去了。

王妍嘆了一口氣，習慣性地伸手去摸小腹，原本微凸的小腹已經平了下去，不由得悲上心頭，心中暗叫，「孩子，媽媽對不起你，沒有能保住你啊。」

原來，勻州是章旻的勢力範圍，他在勻州很快找到了王妍，在章旻的逼迫下，王妍不得不把孩子打掉。現在王妍越想越心疼，這可是她懷了幾個月的骨血啊，就這麼被逼迫著打掉了，讓她怎麼能接受得了。

更讓王妍接受不了的，是曲煒對她的態度，那天她對他那麼曲意逢迎，最後都拿出了孩子這個殺手鐗，他卻仍然鐵石心腸地拒絕了自己。這個男人多麼冷血啊。她有些絕望，怎麼會愛上這樣一個男人。

為了保住孩子，王妍遠避到匀州，想要等孩子生下來之後再回海川。內心中，她對曲煒已不抱什麼希望了，反正她經濟條件尚可，足可以一個人帶大孩子。

但即使忍讓到了這樣，曲煒仍然不肯放過她，他竟然卑鄙地派章旻追到了匀州，讓人脅迫著她到醫院去做了流產手術，讓她憧憬了幾個月的母子天倫之樂徹底成了泡影，真是情何以堪。

王妍深深的懊悔，不該出於一時貪念，把孩子抬出來作為要脅曲煒的砝碼，最終卻讓自己失去了孩子。

更可氣的是，自己回海川已經五天了，曲煒生像不知道這件事情似的，連一個電話都沒有打來，自己拿掉了他的孩子，他連一句問候都沒有，這個男人怎麼可以絕情到這種程度，愛上他，自己當初真是瞎了眼睛。

正當王妍在越想越氣之際，敲門聲再次響起，她不由得心頭火起，叫道：「別來煩我了好不好！誰來了我都不管了。」

敲門聲停了下來，頓了一下，門被打開了，一個男人的聲音問道：「王老闆，你怎麼生這麼大的氣啊？」

聽到這說話聲，王妍一下子站了起來，原來進來的是市委書記孫永，她再生氣，自

己的生計還是要顧的，再說孫永又沒惹到她。

王妍陪笑著說：「不好意思孫書記，我還以爲是店裏的服務員呢。」

孫永笑笑說：「沒事，沒事，我知道你不是在說我。」

王妍將孫永讓著坐了下來：「孫書記來找我有事嗎？」

孫永說：「沒什麼事情，我在店裏吃飯，跟你們的服務員問起你來，服務員說你今天病了，我就想來看看你。」

原來孫永發現王妍並沒有在通常敬酒的時候出現，就詢問了服務員，聽服務員說王妍病了，不能來敬酒，聯想到最近他聽到的消息，王妍似乎跟曲煒鬧了彆扭，離開了海川一段時間，他很想知道這中間究竟發生了什麼事情，便來王妍的辦公室一探究竟。

王妍強笑著說：「謝謝孫書記的關心，我只是一點小病，沒什麼大不了的。」

王妍雖然這麼說，孫永卻驚訝地發現，眼前的她，與以前見到的王妍似乎是換了一個人，眼前的人極度虛弱、疲憊，一點活力都沒有。

孫永關心地問道：「你的樣子卻不像是小病的樣子啊，感覺就像大病了一場，到底發生了什麼事情了？」

王妍不想跟孫永說真實的原因：「沒什麼啦，今天有點不舒服而已。」

孫永說：「王老闆，錢是要賺的，可累壞了身體就不值得了。你一個單身女人過日子不容易，要自己愛護自己啊。」

孫永的話說到了王妍的心坎裏，本來王妍就是在強撐著，此刻，她再也忍不住了，轉頭趴在沙發上就痛哭起來。

孫永見狀，明白王妍肯定是受了曲煒什麼委屈了，便連聲勸道：「好啦，好啦，王老闆，你別哭了，哭傷了身體就更不好了。來，跟我說說發生了什麼事情，也許我能幫助你。」

孫永勸了半天，王妍才抽泣著慢慢止住了哭聲。

孫永苦笑著說：「哎，你總算停了，不知道的人還以爲是我欺負你了。跟我說說吧，發生了什麼事情？」

王妍抬起哭腫了的眼皮，看了孫永一眼，她知道在海川，大概也只有這個人能治得住曲煒，曲煒你不是自私嗎？你不是想捨棄一切保住官位嗎？我偏不讓你稱心。你也別怪我，誰叫你對我那麼狠毒。

帶著對曲煒的恨意，王妍說：「孫書記，這件事，大概也只有您能管一管了。」

孫永說：「什麼事情啊？說來聽聽。」

王妍就講了跟曲煒之間發生的事情，當然她回避了自己接受海雯置業的委託，逼曲煒幫海雯置業拿地的事情。

孫永聽完王妍的敘述，心裏未免有點小失望，王妍講的這些，都是兒女私情方面的小事，雖然可能對曲煒不無傷害，可真正要達到擊倒曲煒的目的還差得太遠。並且自己跟曲煒雖然是一二把手，但級別相同，這種婚外情之類的私生活問題，自己還真不方便置喙，頂多跟曲煒談談。

何況，管得好了，別人頂多說是關心同志的成長，管得不好了，別人就會說自己打擊報復。這種出力不討好的事情，孫永可不想做。

「王老闆，雖然我也很不齒曲煒的爲人，可這是你們私人的事情，我頂多批評曲煒同志幾句，不關痛癢的。」

王妍愣了一下：「您就任由曲煒這麼胡作非爲？」

孫永笑笑說：「這頂多是曲煒同志的私德問題，我跟他現在搭班子，如果出面管這件事情，別人會說我們班子不團結，說我借機整曲煒同志。所以我是有很多忌諱的，真的不好管。」

王妍說：「那就沒人管得了他了？」

孫永看了看王妍，心說這件事情就這麼放棄了也很可惜，是不是可以利用一下？眼前這個女人現在已經恨曲煒入骨，這倒是一把好刀，可以借機殺殺曲煒的風頭，就算不能把曲煒怎麼樣，也可以把曲煒的名聲搞臭。

孫永說：「我是不能對曲煒同志怎麼樣，可不代表沒有人管得了他，你可以把你的情況往上反映啊，總會有人能夠給你一個公道的。」

王妍看了一眼孫永：「您是說我去省裏檢舉他？」

孫永說：「你說呢？」

王妍點了點頭，冷笑一聲：「我是不會放過曲煒這個傢伙的，好吧，既然他不拿我當回事，那我也沒必要爲他遮掩什麼，我就跟他拼個魚死網破。」

王妍此時的面目有些猙獰，孫永看在眼中也有些畏懼，心說女人真是不要招惹，曲煒啊，你怕今後是沒好日子過嘍。活該，你以爲自己在海川市根基深厚，就霸著市裡的工程項目不放手，我想插手都插不進去，這次看我不整你個焦頭爛額，讓你知道知道我的厲害。

孫永說：「這件事情我也有些看不過去，雖然我不好出面，可有什麼事情需要我私下協調的，我可以幫你。你有什麼難處也可以跟我說說。」

王妍感激地說：「謝謝孫書記了。」

孫永說：「不用客氣，其實我早就看不慣曲煒霸道的作風了。好啦，我出去了，外面的客人還等著我呢。」

王妍說：「那您先去忙吧。」

孫永離開了，王妍心中籌畫著如何去告曲煒，她是一個受過高教育的人，能夠經營好海益酒店，也說明她很有才幹，很快就把事件的脈絡理順的很清楚了。

她當然也知道孫永沒那麼好心要幫助自己，他是想借自己的手對付曲煒，但此刻她跟孫永的目標一致，她是願意被利用的。

很快，王妍就將她跟曲煒的往來情形作成了一份書面資料，隨即跑到東海省省會齊州，找到了有關部門，將資料遞了上去。

信訪部門看到有人找上門來實名舉報一個地級城市的市長，不敢隱瞞，馬上將相關的情況彙報給了省委書記程遠，程遠把舉報資料給省長郭奎看了：

「這個曲煒是怎麼回事啊？怎麼搞出這麼些烏七八糟的事情來？」

郭奎看了看說：「我也沒想到曲煒會做這樣的事情，不過從資料上看，這只是他個人的生活作風問題，並沒有牽涉到工作上去，我看是不是批評他幾句算了。這個曲煒說起來還算是一個能幹的幹部，融宏集團的陳徹對他就很欣賞，目前，據說百合集團也在談兼併海通客車的案子，我們不好對下面的幹部太求全責備。」

程遠看了郭奎一眼：「老郭啊，我知道你很欣賞曲煒，他也確實很能幹，可是你也要注意他的道德品性表現，有才無德的幹部更危險。他在海川鬧出這樣的事情來，要怎麼繼續做他的市長啊？」

郭奎笑笑說：「目前還只是一面之詞，也只是私生活不夠檢點，還不能說他的道德品性就有問題。再說，陳徹的融宏集團即將啓動第二期的投資，這個時候臨陣換將，怕對我們很不利。」

程遠笑了，他並不是一定要換掉曲煒：「老郭，你是投鼠忌器啊。好吧，現在懂財經的幹部也確實很難找，你給我好好訓訓他，別讓他忘記了自己的身分。」

郭奎拿著資料回到辦公室，就讓秘書打電話給曲煒，叫曲煒馬上放下手頭的工作趕到省政府見他。曲煒接了電話，不敢稍事遲疑，馬上趕往了省政府。

郭奎在辦公室正等著曲煒呢，看到曲煒進來，郭奎笑了笑：「曲煒啊，我從來都不知道你還是個風流種子啊。」

曲煒愣了一下，他不知道郭奎這麼說是什麼意思，便乾笑了一下：「郭省長，我做錯了什麼嗎？」

郭奎看了曲煒一眼：「你做了什麼，難道心裏不清楚嗎？」

曲煒心裏開始打鼓，偷看了一眼郭奎：「您能不能給我點提示？」

「好哇，我給你點提示。」郭奎將舉報資料扔在曲煒面前，「你看看吧，這個提示夠嗎？」

曲煒一看資料的內容，頓時呆住了，他沒想到王妍竟然會舉報自己，看來這個女人已經恨不得要置自己於死地了。

曲煒急了：「郭省長，你聽我解釋。」

郭奎說：「好哇，你解釋給我聽啊。」

曲煒張了張嘴，卻不知道該如何解釋這件事情，難道說自己因爲拒賄得罪了情人，情人跟自己反目了嗎？這封信裏面也沒提行賄的事情啊？他想不出解釋的理由，半天沒說出話來。

郭奎冷笑了一聲：「你解釋不出來了吧？曲煒啊，我真是對你刮目相看啊，你也會鬧出這種事情來啊。」

曲煒有點惱了：「郭省長，我跟這個女人的關係一時說不清楚，不過，我可以向上面保證，我絕對沒做過違反組織紀律和法律的事情。」

郭奎說：「鬧了半天，你還有理了？」

曲煒苦笑了一下：「不是，郭省長，我不是說我有理，只是這件事是我私人的事情，您能不能讓我自行處理？」

郭奎火了，一拍桌子叫道：「什麼叫你私人的事情，現在這個王妍都告到省委了，你知道嗎？一個市長玩女人，這是極其惡劣的事情。」

「我不是玩女人，我跟她交往是有真感情的。可是……」曲煒說不下去了，他畢竟沒有離婚，在跟王妍往來這件事情上確實是有缺失的。

郭奎說：「我不管你們之間究竟發生了什麼事情，我只希望你能處理好它，別因此影響了工作。我可告訴你，程遠同志對這件事情很生氣，他要我提醒你，要知道自己是什麼身分。」

曲煒低下了頭：「我會回去處理好這件事情的。」

郭奎看了曲煒一眼：「曲煒啊，你叫我說你什麼好呢？好了，你也別在我這兒了，趕緊去把屁股擦乾淨吧。」

曲煒低著頭離開了郭奎的辦公室，他根據王妍留在信訪部門的地址，很快找到了王妍在勻州的住處。曲煒現在對王妍很是憤恨，不過郭奎讓他處理好這件事情，他也不得不先忍下這口氣。

曲煒敲了敲王妍的房門，王妍打開門，一看是曲煒，馬上就要關上門，曲煒伸手擋住了，王妍見攔不住曲煒，便轉身去床邊坐了下來。

曲煒看著這個曾經與自己親密無間的女人：「王妍，你就這麼恨我嗎？非要毀掉我才開心？你是不是做得太過分了？」

王妍瞪了曲煒一眼：「你還好意思說我過分，你讓那個章旻逼我拿掉了孩子，你不過分？我本來只是想保住孩子，你連這點都不肯……」

說到了孩子，王妍難過地哽咽起來，再也說不下去了。

曲煒說：「這一點是我不對，可是你明知道我不想要什麼孩子，還偷偷地懷上了，你這讓我怎麼想？」

王妍說：「我跟你說過，孩子我自己養，不關你的事，你還這樣做，他也是你的骨肉，你夠狠心的。」

曲煒說：「是，我承認我是有點狠心，不過我也是沒辦法，我不能讓這個孩子毀掉我經營半生的事業。反正這件事情現在已經無法挽回了，這樣吧，我願意補償你，我大概算了一下，我工作這麼些年，手頭有將近十萬元的積蓄，我願意把這些錢都給你，以彌補對你的傷害。」

王妍看了曲煒一眼：「你想就這麼輕易打發我？」

曲煒說：「那你說要怎麼辦？」

王妍說：「好，我說。你想彌補我也行，把海濱大道那塊地批給海雯置業就行了。」

王妍明白孩子已經是無法再回來了，跟曲煒的關係也無法再重歸以往那麼親密了，還不如實際一點，藉此換回一點經濟利益。特別是吳雯已經找上門來，想要回那一百萬，這件事情應該儘快予以解決。

曲煒看著王妍，心想到底你搞這麼多事情來，還是爲了這塊地啊。便說：「對不起，這個我實在無法幫你。你應該清楚你這是在逼我犯罪。王妍，你我總是相處了一場，希望你看在過往的情分上，不要讓我爲難。」

王妍說：「曲煒，我跟你相處這一場得到了什麼？你還好意思提我們過往的情分？」

曲煒嘆了一口氣：「當初你跟我在一起的時候，我已經跟你講明，我無法給你什麼承諾的，也是用心在交往，而不是貪圖你的肉體。不過，孩子這件事總歸是我做錯了，你還是接下我的積蓄作爲補償吧。我能做的只有這一點了。」

見曲煒還是這樣強硬，王妍越發惱火：「曲煒，你這麼一再拒絕我，就不怕我繼續去告你嗎？」

曲煒苦笑了一聲：「怕，不怕的話，我也不會來找你。不過，我不能犯一個更大的錯誤來彌補前面已經犯下的錯誤。你就是非要毀掉我我也沒辦法，誰叫我欠了你的。」

王妍看了看曲煒，她對眼前這個男人多少還是有點感情的，讓她面對著他說出毀掉他的狠話也不容易，她說：「曲煒，你跟我說實話，你到底有沒有真的愛過我？」

曲煒說：「王妍，到這個時候了，再說這些還有意義嗎？」

王妍說：「我想聽你說句真心話。」

曲煒說：「好，我說，我跟你交往絕對是真心的，你應該也知道圍著我轉的女人，比你漂亮、比你優秀的都有，可是我只對你一個人動心。」

王妍說：「你既然是愛我的，爲什麼就不肯爲了我做一件事，就那麼一件事啊。」

曲煒苦笑了一下：「王妍，你不明白一個男人的心，對我來說，感情只是生活的一部分，我的事業才是我的生活重心。你讓我做的這件事情，我要是做了，就完全違背了我的做人原則，這是不可逾越的底線，你明白嗎？」

王妍面色慘然：「我明白了，說到底，你最在乎的還是你的權力，你根本就不在乎我。」

「你非要這麼認爲我也沒辦法，不過我現在也明白了，你當初看上我，大概也是看上我手中的權力了吧，不然的話，你也不會非要逼我幫海雯置業拿地。」說到這裏，曲煒搖了搖頭：「看來我們的交往真是一場誤會，不過我還是要謝謝你，你讓我度過了一段美好的時光。王妍，我沒辦法達成你的所願，下面要怎麼做隨便你了，我要走了。」

說完，曲煒就走向門口，王妍張開嘴想要叫住他，卻不知道該說些什麼，最終她沒再說什麼，聽憑曲煒離開了。

曲煒一副隨便你的態度，反而讓王妍猶豫了起來，她不知道是不是應該繼續告下去，反過頭來想一想，在兩人相處的這一段時間裏，曲煒對她還是不錯的，她也在這段時間中感受到了溫情，難道真的要鬧下去毀了曲煒嗎？就算毀掉他，自己的孩子也回不來了，有必要非這麼做嗎？

王妍開始冷靜了下來，她覺得自己也有不好的地方，如果耐下心來，給曲煒一段時間處理他自己的婚姻事務，如果不是用孩子來逼曲煒幫海雯置業拿地，現在也許她跟曲煒是另一個樣子。

王妍不免有些懊悔，想來想去，最後決定放棄去告曲煒。就像曲煒說的，畢竟倆人相處了那麼長時間，還是曾經有過一段美好時光的。

曲煒是硬著頭皮離開王妍的房間的，就他的個性而言，能低下頭來跟王妍認錯已經是極限了，再想讓他屈辱地去求王妍什麼，無論如何也是做不到的。

到這個時候，曲煒已經做好了受處分的準備，他心中暗道：也許我就是吃苦的命吧，好不容易遇到了一個心儀的女人，享受了一段幸福時光，偏偏這個女人愛的不是我這個人，而是我的權力。老天爺真是會捉弄人，就是不允許我得到幸福。

看來這世界上還真是沒有魚和熊掌兼得的美事，自己貪心想要感情事業兩全其美，

結果鬧得現在兩個都失去了。

曲煒明白，就算王妍放棄了不再告他，他這段風流韻事已經留在省領導的腦海裏了，以後就算他工作幹得再好，也很難將這個污點洗刷掉，他仕途的好勢頭算是告終了，以後他只能在現有的層級上打轉，熬到了年齡之後，退出政治舞臺。

曲煒未免有些悲哀，他還有滿腔的抱負沒有施展呢，這讓他怎麼甘心呢？天不得時，日月無光；地不得時，草木不長；水不得時，風波不平；人不得時，利運不通。自己空有凌雲之志，卻沒有時運，也只能屈居於孫永這樣平庸之輩之下。

人啊，真是說不清道不明啊。

王妍是第二天回到海川的，曲煒等了幾天，省裏並沒有進一步的消息，似乎是風過水無痕了。曲煒對王妍沒有再鬧下去心存感激，派余波將自己的存摺送給了王妍。王妍並沒有接受，讓余波將存摺退了回來。

雖然當事人雙方偃旗息鼓，但是事情並沒有完全平息，而是朝著另一個方向發展了。

人們發現曲煒不再出現在海益酒店，很快，關於王妍在省裏舉報曲煒的事情，就在海川政商兩界傳開了，人們在繪聲繪影說著曲煒和王妍之間情事的同時，很多人開始疏遠王妍，王妍的酒店不再像往日那麼紅火。

孫永在第一時間就知道了王妍去省裏舉報的具體情形，他很生氣王妍沒有把事情繼續鬧下去；而且，事情既然鬧開了，這個虎頭蛇尾的女人似乎就沒有了利用價值，因此也不再把一些活動刻意安排在海益酒店了。

海益酒店變得越發冷清。以往日進斗金的情形不再，王妍甚至需要動用積蓄才能維持酒店的經營，她開始四處打電話招攬過去的客人來吃飯，可是很多客人都知道她跟曲煒之間的事，此時她跟曲煒鬧翻，自然對她敬而遠之，酒店的經營陷入了困局。

這世界就是這樣，錦上添花者眾，雪中送炭者少，王妍真正見識了人情冷暖。

但麻煩並不止這些，吳雯很快知道了這一切，既然王妍跟曲煒鬧翻了，那她就不可能再幫海雯置業徵購海濱大道中段的土地，自然她也應該把一百萬退出來。於是吳雯上門來要求王妍退錢。

可是王妍已經用掉了這一百萬中的一部分，於是她找出種種藉口拖延還錢。一來二去，吳雯就有點不耐煩了，她找到了余波：

「余秘書，你看看你都給我介紹了一個什麼人哪？現在王妍拿著我的錢就是不還給我，你說這樣讓我怎麼辦啊？」

余波對事情如此發展也是大出意料之外，他沒有想到曲煒竟然突然跟王妍翻了臉，

這讓他有些措手不及。但他已經收過吳雯的錢了，跟這件事情糾纏在一起，無法再置身事外了。

余波的頭大了，他很怕吳雯拿不回錢來會遷怒於他，只能先用緩兵之計將吳雯穩住：「吳總你別著急，你給我一點時間，我來幫你處理好不好？」

吳雯看了余波一眼：「余秘書啊，你最好趕緊處理，我的合夥人可是有點不耐煩了。你回頭跟王妍說，我的耐心是有限的，我手頭可是有她跟我簽的協議，實在不行，那我們只有公堂上見了。」

余波笑笑：「吳總，稍安毋躁，我一定會儘快給你一個滿意的答覆。」

吳雯說：「好吧，我等你的消息，不過希望不要太久了。」

人情冷暖

孫永溫情地說：「我怎麼會忘了海益酒店呢，我這個人是很念舊的，
你如果有什麼為難的事情，不妨跟我說，能幫我一定幫。」
這種關懷的話，王妍已經有一段時間沒聽過了，
聽到耳朵裏便有些別樣的滋味，眼圈頓時紅了。

余波匆忙趕到了王妍的辦公室，一見面就說：「王姐，吳雯的一百萬，你最好馬上給她還回去。」

王妍看了余波一眼：「余秘書，你可是好長時間沒在我這露面了，就這麼好意思一見面就催我還錢？」

余波乾笑了一下：「王姐，我知道你恨曲市長，這個我可以理解，但是你去省裏告他就不應該了，你告了半天又怎麼樣呢？曲市長是被你搞得灰頭土臉，可也沒傷筋動骨。反倒是很多人知道你跟曲市長鬧翻了，他們自然不肯再來你這兒。至於我，你也應該知道，我是曲市長的秘書，如果我還繼續在這裏吃飯，曲市長會怎麼看我呢？所以希望你能理解。」

王妍苦笑了一下：「好，你們各有各的苦衷，就我王妍應該倒楣是吧？我現在跟你說，我也是有苦衷的，我現在飯店經營狀況很差，錢被我用掉了，我還不上，希望你也能理解。」

余波急了：「王姐，你不能這樣啊，當初說好你如果不能幫這件事情，錢是要退回去的。」

王妍攤開雙手：「我爲什麼不能這樣？錢到了我手裏，我就有權花，反正我現在還不了錢，你們愛怎麼辦就怎麼辦吧。」

余波說：「王姐，你這不是耍賴嗎？」

王妍疑惑地看了余波一眼：「余秘書，話說就算我把錢花掉了，也是我跟吳雯之間的事情，你這麼著急幹什麼？哦，我明白了，你也拿了吳雯的錢是吧？」

余波愣了一下，隨即否認說：「沒有，我拿她的錢幹什麼？我只是覺得我是你們這件事情的中間人，我有義務幫吳雯把錢拿回去。」

王妍笑了：「你騙誰啊？如果不是吳雯先買通了你，你能把她領我這裏來？我跟曲煒的關係，只有你知根知底，你若不是被買通，能冒著被曲煒知道你走漏風聲的風險，讓吳雯找我？」

余波看了看王妍，笑著搖了搖頭：「王姐，你不是挺聰明的嘛，怎麼就幹出去告曲市長這樣的蠢事呢？」

王妍苦笑了一下：「我當時是氣急了，一時失去了理智。」

余波說：「怕不是這麼簡單吧？」

王妍說：「怎麼不是這麼簡單？」

余波說：「有人傳說，王姐從匀州回來，曾經單獨見過孫永書記，緊接著就出現了你告曲市長這一幕，這難免讓人有所聯想。」

王妍不想承認自己當時是被孫永挑唆：「你們這些人就是會捕風捉影，我那天病了，孫書記是過來看我的。」

余波笑了：「孫書記心真好，王姐病了，他還來看你。」

王妍說：「你別笑得那麼曖昧，難道我除了曲煒，就不能有別的朋友了嗎？」

余波說：「好啦，就當沒這回事。我問你，吳雯的錢你究竟是怎麼打算的？我可跟你說，你們之間可是有協議的，小心她到法院去告你。」

王妍嘆了口氣：「余秘書啊，我也不想賴她的賬，可是這錢我真的沒辦法一下子都還給她，我確實已經用掉了一部分了。」

余波說：「那你想怎麼解決？總不能就這麼拖著吧？」

王妍心裏明白，越拖下去錢會用掉的越多，可是如果還了，她就更沒有指望了，她總不能看著海益酒店倒閉吧？

王妍說：「我現在腦子裏一團亂，也不知道該怎麼辦。余秘書，這個麻煩是你給我找的，你來想個辦法解決吧。」

王妍此時心中也有些恨余波，當初如果不是他拉著吳雯來見自己，自己跟曲煒之間就會單純很多，也許就不會生出這麼多事情了。既然現在余波也牽涉到這件事情裏，那麼索性就拉著他，讓他去想辦法解決，如果解決不了，他也別想輕鬆過關。

余波苦笑了一下：「王姐，錢是你花掉了，我能有什麼辦法可想？」

王妍笑笑，說：「你不是也拿了吳雯的錢嗎？要不你先幫我還一點？」

余波氣得說：「王姐，你這不是開玩笑嗎？我拿吳雯的也就是兩萬塊，就算全部拿出來，也不夠啊。」

王妍笑笑：「你沒辦法，那我也沒辦法了，算了，就等吳雯去法院告我吧。你放心，在法庭上，我不會說出你拿了吳雯的錢這件事情的。」

余波苦笑了一下：「王姐，你這是非逼我上絕路啊。」

王妍笑了：「我沒有啊，我說了會給你保密的。」

余波說：「你明知道這樣的話，吳雯一定不會放過我的，你保密有個屁用。」

王妍說：「那就不關我的事了，你自求多福吧。」

余波氣得一拍桌子，指著王妍叫道：「你……」

他又慌又急，坐在那裏臉憋得通紅，一時竟然說不出話來了。

王妍看看余波，怕他真急出個好歹來，連忙說：「你別急啊，余秘書，事情還沒到那一步呢。」

余波苦笑著說：「等到那一步就完了。」

王妍說：「你想辦法跟吳雯說說，讓她再等等。」

余波說：「等，等你就有辦法了？」

王妍說：「是啊，我現在跟曲煒翻了臉，暫時找不到能辦這件事情的人，這也只不過是緩兵之計而已。」

余波忽然想到了什麼：「不對，還有人能辦這件事情，王姐，你怎麼就不往他身上想呢？」

王妍問：「誰呀？」

余波說：「在海川市還能有誰啊，孫書記啊，除了曲煒，只有孫書記有這個能力，你不是說你病了，孫書記還來看過你嗎？這種交情你怎麼不利用呢？」

王妍看了余波一眼，心中未免有些厭惡，這傢伙爲了保全自己，竟然想讓她跟曲煒的政敵求助，他忘記他是曲煒的秘書了嗎？不過，似乎他說的也有道理，目前這個局面，只有孫永能救自己的急。

可是孫永也有段日子沒過來吃飯了，他會搭理自己嗎？王妍心中沒底。

余波見王妍沉吟不語，急道：「王姐，到這個時候了，你就別猶豫了。」

王妍苦笑著說：「我不是猶豫，我是怕找了他也沒有用。」

余波說：「你試試吧，總不能坐著等死吧？」

王妍只好說：「好，我試試看看。」

余波催促道：「那你儘快，我是偷空跑出來的，要趕緊回去，免得讓曲市長找不到我生氣。你跟孫書記溝通好了給我電話，我好跟吳雯說。」

王妍說：「好吧，你走吧。」

余波往外走了兩步，又回過頭來說：「孫書記那裏恐怕光憑說的不行，吳雯的錢，大概你也沒花光，可以在這上面動動腦筋。」

王妍說：「好啦，我知道怎麼做了。」

看余波走了，王妍撥了孫永的手機，接通了，王妍忙笑著說：「您好，孫書記。」

對方卻說：「你好，你是哪位？」

雖然也是一個男人的聲音，卻明顯不是孫永，王妍愣了一下，說：「我是海益酒店的王妍，你是哪位？」

對方笑笑說：「是王老闆啊，我是孫書記的秘書馮舜，孫書記在開會呢，你找他有什麼事？」

這話跟馮舜就有點說不出口了，王妍笑了笑：「也沒什麼事情，只是孫書記有段日子沒過來吃飯了，我想問問他，是不是對我們海益酒店有什麼意見了？」

馮舜笑笑說：「哦，是這樣啊。那回頭我跟孫書記說你打電話來了。」

王妍說：「你跟孫書記說，有時間來坐坐吧，馮秘書也一樣，有空多來坐坐。」

馮舜笑笑說：「好的，我會把你的意思轉達給孫書記的。」

王妍感受到了一種被疏離的意味，她很懷疑孫永並沒有在開會，只是不想接自己的電話而已，這種事情這段時間她見到了很多，心中不免有些酸楚，心說我王妍怎麼混到這種地步了，可她也無法改變這個狀況，只好淡淡地說：「那謝謝馮秘書了。」

其實，王妍還真誤會了孫永，他並沒有故意不接她的電話，他正在開書記會，商量海川市下屬的海西縣縣委書記的人選問題。

海西縣縣委書記顏鳳年齡到線，馬上就要退休，關於接任人選，孫永想先在書記會上溝通一下，然後讓上面考察人選，再上常委會表決確定。

原本以爲這會是一次很平常的會議，孫永認爲自己提出的人選，曲煒和專職副書記張林雖然也會有些意見，但大多時候都會通過。

但出乎孫永意料之外的是，曲煒對自己提出讓市委副秘書長許朝接任縣委書記的方案提出了強烈反對，他說許朝的人品很差，尤其是有人舉報過許朝受賄，雖然最後不了了之，可是許朝不無嫌疑，讓這樣一個人擔任海西縣的縣委書記明顯是不合適的。

曲煒的激烈反對，打亂了孫永的部署，他不敢強行讓許朝直接上常委會討論，他現在對常委會並沒有絕對的控制權，一旦上了卻通不過，那對他這個書記的權威是一個很大的打擊。孫永只好暫時放棄。

孫永心中很不舒服，他認爲曲煒這是刻意阻撓，許朝一向是積極靠攏自己的，擺明了是他的人馬，曲煒自然不想讓他陣營的人馬走上這麼重要的職位。孫永心裏暗罵曲煒，你亂搞女人不說，卻盯著別人一點小毛病不放，真不是東西。

會議不歡而散，孫永鐵青著臉回到了辦公室，馮舜敲門進來，孫永問道：「有什麼事嗎？」

馮舜說：「剛才海益酒店的老闆娘王妍打電話來，想請你有時間過去坐坐。」

孫永聽是海益酒店的王妍，氣更是不打一處來，這個蠢女人，一點小事情都辦不好，明明可以將曲煒搞臭，偏偏鬧了一下就偃旗息鼓，雖然曲煒受了傷害，可離他想要的將曲煒趕出海川的目的差得太遠，她還有臉來找他。

孫永不高興地說：「小馮，再有這種事情，你直接不理她就得了，沒必要非跟我說。我成天的事情夠多了，你還要拿這種人來煩我。」

馮舜受了批評，趕忙說：「好的。」

馮舜就要出去，孫永忽然想到自己跟曲煒搭檔這麼長時間，王妍這個女人是曲煒暴露出來唯一的弱點，如果就這麼放棄，是不是太可惜了？眼下雖然這個女人似乎沒起到她應該發揮的作用，可並不代表將來不會起到這種作用，是不是暫時籠絡住這個女人比較好？

這個曲煒目前的唯一弱點，最好是抓在手裏，起碼也會讓曲煒感到一種威懾。

孫永改變了主意，他喊住了馮舜：「小馮啊，你先等等，我今晚有什麼活動要參加嗎？」

馮舜說：「工商聯有個活動安排，你答應要去的。」

孫永說：「讓張林同志去吧，你跟王妍說，晚上我去海益酒店吃飯。」

孫永的態度轉變得太快，馮舜一時沒反應過來，看了看孫永。

孫永笑了：「晚上我們一起去會會這曲煒的情人，呵呵。」

晚上，王妍早早地就等在酒店的大廳裏，她沒想到孫永會這麼快就給自己回應，心中不免有些感激。

孫永走進酒店的時候，王妍急忙迎了上去，笑著說：「孫書記來了。」

孫永笑笑說：「王老闆召喚，我能不來嗎？不過，你這裏似乎比我上次來冷清了很多啊？」

王妍苦笑了一下，說：「有人不待見我啊。」

孫永搖了搖頭說：「那個人似乎也太無情了，怎麼說你們也有些情分在的，你又沒把他真的怎麼樣。」

說話間進了雅間，王妍說：「別提那個人了，孫書記今晚想吃什麼，我讓廚房給您做。」

孫永對馮舜說：「小馮，我的口味你知道，你去廚房安排一下吧。」

馮舜說：「好的。」便離開去了廚房。

孫永見馮舜離開，笑著說：「王老闆，你找我有什麼事情啊？」

王妍看了看孫永，她不知道孫永心中究竟是怎麼想的，因此也就不敢一上來就提吳雯的事情，便笑笑說：「也沒什麼大事，只是孫書記有些日子沒過來了，想請你吃頓飯，讓您別忘了我們海益酒店。」

孫永笑了，他看出王妍有些欲言又止，便溫情地說：「我怎麼會忘了海益酒店呢，我這個人是很念舊的，不像某人，你如果有什麼為難的事情，不妨跟我說，能幫我一定幫。」

這種關懷的話，王妍已經有一段時間沒聽過了，聽到耳朵裏便有些別樣的滋味，眼圈頓時紅了：「謝謝孫書記。」

孫永笑笑說：「跟我就別客氣了，日後我會讓小馮將一些活動安排在海益酒店的，你一個女人支撐著這個酒店也不容易。」

王妍越發感動，兩相比較，她越發感覺出曲煒的無情。不過，她並沒有忘記找孫永的真正目的，這個時機也恰好，便說道：「孫書記，你這麼說，我還真有一件事情想麻煩你。」

孫永笑笑說：「說說看。」

王妍說：「我一個朋友想要拿塊地。」

王妍將吳雯的事情講了，孫永聽完，想了想：「這個我辦辦看吧，應該難度不是很大。」

王妍一聽，大喜過望：「謝謝，謝謝孫書記。」

孫永笑笑說：「你先別急著謝我，事情還沒辦成呢，回頭你先領你朋友來見見，我瞭解一下情況。」

王妍說：「好的，好的。」

馮舜這時點完菜回來了，孫永說：「小馮，我剛才跟王老闆說了，有些招待活動可以安排在這裏，你回去以後看看情況，做些安排，幫幫王老闆。」

馮舜笑著點了點頭，說：「好的。」

王妍連忙笑著說：「那我就多謝孫書記和馮秘書了。」

孫永笑著說：「你要真心感謝，待會兒多喝幾杯酒就行了。」

王妍笑著說：「那是應該的。」

王妍搬掉了心頭大石，這一場酒喝得十分爽快，連敬了孫永幾杯，孫永離開時，她已經有些微醺了。

在回去的車上，馮舜看著孫永問道：「孫書記，您真的要將一些活動安排在海益酒店？」

馮舜讓孫永的轉變一時弄得暈頭轉向，搞不清他是真要這麼做，還是虛應故事，怕會錯了意，因此甘冒惹孫永生氣的風險發問。

孫永心情很好，笑笑說：「我當然是真的要這麼做，我就是要讓曲煒看看，看看我是怎麼對他的情人好的。呵呵。」

馮舜很快就想明白了，孫永這是在故意氣曲煒呢，他跟王妍走得很近，曲煒肯定不會舒服，說不定還會擔心孫永在背後找他什麼破綻呢，這下子，曲煒怕是連睡覺都睡不安穩了。

馮舜心中讚了一聲：「高，實在是高，孫書記不愧是書記，想的就是跟一般人不一樣。」

吳雯聽余波說，王妍找到了市委書記孫永，孫永同意幫她徵購海濱大道這塊地，有些不敢相信：「真的嗎？別又給我鬧上次那一套，我可不相信什麼電話裏談談的把戲了。」

余波笑了，說：「這一次不會了，王妍說要帶你見見孫書記，孫書記也想瞭解一下具體情況。」

吳雯還是不太相信，說：「那等我見到了孫書記再說，到時候我要問清楚，如果孫書記說不行，那沒別的辦法，你就趕緊讓王妍退錢給我就行了。」

余波說：「沒問題。」

過了幾天，吳雯應約到了海益酒店，在雅間裏，吳雯見到了市委書記孫永。這副面孔她太熟悉了，海川每日新聞中的常客。

孫永看到吳雯，心中不免有些驚詫，這個女人太漂亮了，慌忙站了起來，笑著問道：「這位是吳總吧？」

吳雯笑笑說：「孫書記您好。」

孫永握住了吳雯的手，笑著說：「你好，想不到吳總這麼漂亮。」

吳雯看孫永色迷迷的樣子，心中就有些膩味，心說你好歹也是一個市委書記，也不知道收斂一些，這傢伙比自己在仙境夜總會見到的那些色狼還色。

吳雯抽了抽手，孫永也有些不好意思，鬆開了手：「大家坐吧。」

坐定之後，孫永說：「吳總啊，你的事情，王妍大體上跟我說了，今天找你來，就

是想瞭解一些具體的情況，你放心，如果可行，我一定幫你拿下這個項目。」

吳雯就講了想拿這塊地的原因，以及她要在這裏蓋別墅的想法。

孫永說：「你這個設想不錯，我是很欣賞的，我會跟有關部門打個招呼，讓他們酌情辦理。」

吳雯一聽孫永這麼說，十分高興，對孫永有些色迷迷的眼神就不是那麼在意了，笑著說：「那我先謝謝孫書記了。」

孫永笑笑：「吳總客氣了，你來海川投資，對我們海川市是一件好事，我應該感謝你才對。」

吳雯這下子放下了心，原本的鬱悶一掃而空。她踏入社會，大多時候做什麼事都是一帆風順，偏偏在她獨挑大梁的時候，竟然被王妍搞得一波三折的，心情別提多沮喪了。現在愁雲散去，總算見到光明了。

第二天上午，吳雯就把消息通知了傅華，一來有顯擺的意思，你看，你說辦不成的事情，我偏辦成了；二來上次回北京，她把自己的情形告訴過傅華，現在情況好轉，讓傅華知道也好放心。

傅華聽完之後，半天沒說話。吳雯有些急了：「怎麼了？有什麼問題嗎？」

傅華說：「事情沒你想得那麼簡單，孫永即使真心答應你，怕也是過不了曲煒那一關。」

吳雯說：「怎麼這麼說，書記不是比市長大嗎？他爲什麼還過不了市長那一關？」

傅華笑笑說：「你不瞭解官場的運作方式，市委書記是管幹部的，而市長是管具體行政事務的，你要徵購這塊地，這是市政府的管轄範圍，孫永想要幫你運作成功，必須要經過市政府這邊同意。就我看，曲煒是不會同意這件事情的，你的死結還是沒解開。」

吳雯不相信地說：「不會吧，我可知道市委書記是一把手，你的那個曲煒市長怕也不能不聽他的。」

傅華笑笑說：「吳雯，你能不能聽我一句話，拿回那一百萬放棄這塊地吧。」

吳雯嘆了一口氣：「我也想啊，可是我看那個王妍似乎還不出我的錢來，我沒得選擇啊。」

傅華說：「哦，是這樣啊。那你要小心應對那個孫永，他可不比曲煒，曲煒在想什麼我都能弄明白，這個孫永就沒那麼簡單了。」

吳雯笑笑說：「這個孫永就是一個色鬼，握著我的手就不肯放，一點風度都沒有。」

傅華對這個倒是十分的意外，海川政壇並沒有流傳過孫永好色的八卦，他心目中的孫永還是很正派，見了女人不苟言笑的。便說：「那你更要小心，這傢伙不好對付的。」

吳雯笑笑說：「應對這種人，我有辦法。」

傅華還想說不要輕視孫永，又有點怕吳雯嫌煩，只好笑笑作罷。

王妍的酒店因為孫永的關照，重新恢復了生機。慣於投機的人們看到孫永常把一些活動安排在海益酒店，暗自佩服王妍手腕高超，市長這邊不行了，竟然攀上了更厲害的市委書記，於是又紛紛回籠，開始到海益酒店來吃飯。

曲煒聽到了風聲，越發堅信當初王妍到省城舉報他是孫永的安排，對孫永跟王妍勾結到了一起更加不安，可是他跟王妍已經斷了一切聯繫，也無法再去干涉什麼，只好加了十二分的小心，謹慎應對這變得更加惡劣的局面。

孫永自那日見了吳雯之後，便多了一個心事，這麼漂亮出眾的女人如何能一親芳澤呢？想不到海川這個地方竟然還能出如此的美人，以前怎麼沒注意到呢？眼前倒是一個大好時機，吳雯正有求於自己，能不能找個機會安排成其好事呢？

孫永臉上露出了淫邪的神情，忽然他意識到自己神情過於外露了，這些年，他為了能夠爬得更高，對一些私欲是相當克制的，沒想到竟然在吳雯這個女人面前破功了。

孫永連忙收斂起臉上的淫邪，心虛地四面看了看，幸好辦公室裏並沒有別人。

北京，華景京劇團的劇場裏。

舞臺上，京劇演員正在賣力地演出著，京劇團的領導們和賈昊、傅華、趙婷坐在前排觀看。京劇《秋聲》即將公演，賈昊就邀請傅華和趙婷一起來看最後一次的綵排。

賈昊和傅華神情專注，趙婷卻看得十分的沉悶，忍不住附在傅華耳邊輕聲說：「傅華，我想不到你還喜歡這麼老古董的東西。」

傅華轉頭輕聲笑著對趙婷說：「怎麼了，不喜歡？」

趙婷扁了扁嘴：「這個節奏也太遲緩了。」

賈昊聽到了：「看來這個不合趙小姐的脾胃，其實在我們這些京劇愛好者來看，看京劇享受的就是這個緩慢的節奏。」

傅華笑笑：「對呀，京劇本來就是這樣子的。」

趙婷說：「我是覺得有點不符合這時代的發展趨勢，這大概就是老人們閒著沒事、喝茶嗑瓜子的時候看的。」

傅華說：「別瞎說，這是我們民族的藝術，是一筆寶貴的財富。」

趙婷呵呵笑了起來：「傅華，你到底是做官的，說起話來官腔官調的，民族的藝

術，寶貴的財富，你在開會講話呢？」

賈昊笑了起來：「趙小姐啊，你說話夠直率的。」

趙婷說：「那我說的不對啊？」

傅華尷尬地笑了笑：「好了，好了，你說的很對。人家上面還在演出，我們尊重一下他們好不好？」

趙婷吐了一下舌頭，不再說話了。大家又繼續看演出。

排演完畢，賈昊看著傅華：「小師弟，你感覺怎麼樣？」

傅華看了看華景京劇團的團長：「師兄，這麼多行家在這裏，你問我的意見，這不是出我的醜嗎？」

華景京劇團團長笑著說：「這是我們自己的劇碼，我們來評說總是不客觀，傅主任就講一講你的看法吧。」

傅華笑著說：「我是行外人，喜歡京劇而已，叫我看，這台劇主題突出，情節緊湊，很不錯。」傅華覺得這台《秋聲》算是中規中矩，就賈昊這樣一個業餘的京劇愛好者來說，做到這樣已經是很不錯了。

賈昊看著傅華：「小師弟，你不要只說好話，你沒看出有什麼毛病嗎？」

傅華說：「師兄，你有點不自信啊，其實挺好的，真的。」

賈昊不好意思地笑了：「我總不是科班出身，第一次弄這麼大的一台劇，心中沒底。對了，趙小姐，說說你的意見。」

趙婷笑笑說：「我覺得嘛，就是太悶了，你看那個演員在臺上依依呀呀半天，也沒唱出點什麼來，不吸引人。」

傅華瞪了趙婷一眼：「不懂別瞎說，師兄問你意見是跟你客氣，你還真當回事啊？」

賈昊笑笑：「沒事的，趙小姐姑妄說之，我姑妄聽之。再說，她也沒說錯，現在的京劇是不夠吸引年輕人嘛。」

趙婷回瞪了傅華一眼：「你看，你師兄都支持我的觀點呢。」

傅華笑著搖了搖頭，趙婷就是這麼直爽個性，不會去掩飾什麼。

賈昊拿出請帖，笑著說：「既然師弟覺得沒問題，那公演的時候可要帶著趙小姐來捧場啊。」

傅華接了過來：「那是自然。」

賈昊說：「還有一件事情要煩勞小師弟，我想請張老師來看公演，卻找不出時間登門親自給他送請帖，能不能麻煩小師弟幫我代勞？」

傅華愣了一下，按說，你要請老師來看公演，自己上門才顯得有誠意啊，爲什麼要別人代勞呢，旋即明白了賈昊其中的用意，便笑笑說：「能幫師兄跑腿是我的榮幸。」

賈昊就拿出了給張凡的請帖，遞給傅華：「那就有勞師弟了。」

傅華接了過來收好，就和趙婷一起告辭了。

在車上，趙婷笑著說：「你這個師兄夠拽的，要請老師看戲，自己不親自去請，反而打發你去跑腿，看來他吃定你們的老師是非去不可了。」

傅華笑了：「你懂什麼，他就是想要張老師非去不可，才打我的主意的。」

「我從來不知道你有這麼重要，你請，你們老師就一定去啊？」

「我請張老師也不一定去，但我師兄去請，他一定不去。」

「哦，我明白了，你們老師有點不滿意你師兄啊，你師兄可夠心機的。」

「其實張老師是有些看不慣師兄的做事風格。」

「既然這樣，你師兄爲什麼非要討好他呢？叫我說，誰看不慣我，我還看不慣他呢，犯不上非用熱臉去貼人家的冷屁股。」

「誰跟你比啊，你是誰啊？通匯集團趙董的千金，名門閨秀，誰敢看不慣你啊？」

趙婷伸手扭住了傅華的耳朵，冷笑了一聲：「唉，傅華，你在嘲笑我是吧？」

說著，趙婷手上加了一把勁，痛得傅華叫了起來：「好啦，開個玩笑嘛，別鬧啦，我在開車呢。」

趙婷這才放下了手：「老實說，你師兄跟你老師到底是怎麼回事？」

「是這樣，老師雖然不滿意師兄，可他對師兄是有大恩的，沒有張老師就沒有今天的師兄。師兄始終沒忘記這個，因此對張老師十分敬重。」

「這一點，你師兄做得還不錯，算是一個重情義的人。」

「既然你覺得他爲人還不錯，你幫他一個忙吧。」

「幹嘛？」

「跟我去見張老師吧。」

「我去幹什麼，我又不認識他。」

「我可以介紹你認識的。」

「你笑得這麼曖昧，是不是有什麼詭計？」

「其實我也沒把握能請得動老師，不過，你作爲我的女朋友出馬，老師應該不會拒絕的。」

「你們這些傢伙都夠鬼靈精的。」

「我總是要帶你見見張老師的，他對我很好的。」

「好啦，我陪你去就是了。」

第六章

滑稽鬧劇

傅華這時才了解到張凡不肯出席公演的英明，
如果他出席，就會成為這場鬧劇中的一員，
張凡自是不肯成為這場滑稽戲中的一員，他明確拒絕了參加。
想到這些，傅華自覺好笑，他感覺自己也成了這場滑稽戲中的一個小丑。

晚上，在張凡家的客廳裏，坐在沙發上的張師母高興地拉著趙婷的手，笑著對傅華說：「傅華啊，趙婷很不錯，我很喜歡。」

傅華看看一副乖巧淑女樣子的趙婷，暗自好笑，這傢伙還挺會裝的，不過他也知道趙婷這是在意她喜歡的人的感受，心裏也有些感動。

傅華笑著說：「師母太誇獎她了。」

張凡笑著拍了拍傅華的肩膀：「你師母說得不錯，趙婷確實不錯。你們認識多久了？」

傅華笑著說：「有一段時間了。」

張凡笑著說：「那爲什麼不早帶來給我看看。」

傅華說：「這不是給您帶來了嗎？」

張凡笑著說：「你這傢伙！不過我很高興你找到了自己的另一半。趙婷啊，今天你也算認識我的家門了，有時間就來我這裏坐坐。」

趙婷甜甜地說：「好的，張老師。」

張凡就問起了傅華最近一段時間的工作，傅華說自己在忙駐京辦的工程，張凡笑著搖了搖頭說：「看來失之東隅，收之桑榆，你沒跟我做學問，倒是在仕途上做出了一點成績啊。」

傅華笑笑說：「老師在笑我了，我這算什麼成績啊，只不過蓋了一棟樓而已，哪裡趕得上賈師兄那麼風光。」

聽傅華提到賈昊，張凡的臉沉了下來：「你不要跟賈昊去比，你沒當時他那種條件。實話說，在我教過的弟子中，賈昊和你的聰明勁是數得著，不過你們兩個個性不同，賈昊這些年雖然發展得不錯，可是他越來越把他的聰明勁用在了一些不該用的地方。你是偏重於做事，可惜受累於家庭，不然發展的勢頭可以更好一些。」

傅華扯出賈昊，是想為邀請張凡出席賈昊的《秋聲》公演做鋪墊，見張凡又露出不滿賈昊的意思，連忙為賈昊圓場道：「其實，這幾次跟賈師兄見面，我覺得他很尊重老師您，您就別生他的氣了。」

張凡笑笑：「我不是說他不尊重我，我只是不高興他做事的方式。我聽到很多在金融系統做事的弟子提到過他，說他做事霸道，唯我獨尊，不遵守規則，這樣下去怎麼得了，我怕他早晚要出事。」

傅華笑笑說：「不會的，我見賈師兄做事挺謹慎的。」

張凡看了一眼傅華，笑著問道：「傅華啊，你今天一個勁給賈昊說話，是不是有什麼貓膩啊？」

傅華笑了：「沒有啦，我在老師面前會有什麼貓膩呢？」

這時趙婷插話說：「張老師，傅華確實有他的不良企圖，他答應他賈師兄，要邀請您去參加賈師兄編劇的《秋聲》的公演。」

傅華瞪了趙婷一眼：「喂，你怎麼可以把我的底都露出來了？」

趙婷回嘴說：「我討厭你吞吞吐吐的樣子，在自己的老師面前有什麼不可以說的。」

張凡笑了：「趙婷，你這個性格我喜歡，你說得對，有什麼不可以在自己老師面前說的。說吧，傅華，究竟是怎麼回事？」

傅華不好意思地說：「是這樣，賈師兄編了一部京劇叫《秋聲》，不日就要公演，他拜託我邀請老師您作爲貴賓，去看他的劇上演。」

張凡說：「賈昊弄了一部京劇？他想幹什麼？改行做娛樂嗎？」

傅華笑笑說：「也沒有，他就是自小愛好京劇，這次是玩票，了一個心願而已。老師，賈師兄很希望您能出席，您就去吧。」

張凡搖了搖頭說：「我不去，我又不是他的京劇老師，我去了算什麼？」

傅華看了看趙婷，用眼神示意趙婷。趙婷笑說：「你不用看我，看我也不幫你說話。老師既然不願意去，那就不去。」

傅華哭笑不得：「趙婷，你到底算哪一邊的？」

趙婷狡黠地笑笑：「我是張老師這一邊的。」

張凡哈哈大笑：「好，趙婷，我們倆一邊，今後傅華要是敢欺負你，你跟我說，我來管教他。」

趙婷呵呵笑了：「好啊，傅華他常欺負我，今後有了老師的支持，我就不怕他了。」

傅華有些無奈，他還想爲賈昊求下情，便說：「老師，賈師兄真的很希望您能去。」

張凡說：「傅華啊，我不是非要固執地跟賈昊畫什麼界限出來，我只是覺得賈昊這麼做有些愚蠢，記得《史記》項羽本紀中，有人說項羽『人言楚人沐猴而冠』，果然，你不覺得賈昊搞京劇有點沐猴而冠，不倫不類嗎？」

張凡說的是《史記》中關於項羽的一個歷史典故，項羽進了秦都咸陽之後，有人勸他說：關中阻山河四塞，地肥饒，可作爲首都成就霸業。但項羽見秦宮皆已殘破，又心懷思鄉之情欲東歸，就說：「富貴不歸故鄉，如衣繡夜行，誰知之者！」那個勸說項羽的人私下就說「人言楚人沐猴而冠耳，果然。」意思是說，項羽不過是一隻獼猴戴上了官帽，雖然看上去冠冕堂皇，實際上還是不能算是真正的人。

傅華聽了說：「也沒那麼嚴重吧？」

張凡冷笑了一聲：「沒那麼嚴重？那你跟我說說，這部所謂的《秋聲》是能代表賈昊的工作業績嗎？是有什麼特別的創意嗎？還是賈昊把劇本寫得特別的好？沒有吧？那華景京劇團為什麼要排練這部劇？他們排這部劇的費用由誰來拿？賈昊自己嗎？肯定不是。一定是那些有求於賈昊的人和單位出資的。這麼多事實擺在這裏，明眼人一看就知道，他賈昊糊塗嗎？他做的一些事情還不夠醒目嗎？」

傅華感覺到了張凡對這件事情的反感，知道今天想要邀請張凡出席公演已經是不可能的了，尷尬地笑了笑，不再說什麼了。

張凡看傅華不說話，笑笑說：「傅華啊，我明白我說的可能過於嚴厲了一點，我這是不想看到賈昊出事，你回去就把我今天的話轉達給他，完完全全轉達給他，就說我說的，京劇只不過是他想要戴的頭上冠，它並不能幫他變成人，他還是好好做好本職工作吧，謹守本分，別玩京劇這票吧。」

屋裏的氣氛凝重了起來，張師母笑笑說：「老張啊，趙婷這孩子還是第一次來，你別嚇著她。」

趙婷乾笑了一下：「張老師，你是夠嚴厲的。」

張凡笑笑說：「趙婷，你別介意啊，我不是衝著你和傅華的。」

氣氛這才緩和了下來，傅華再也不敢提及賈昊了，張師母問了趙婷的家庭背景，趙婷說她父親是通匯集團的趙凱。

張凡笑著說：「原來你是趙凱的女兒啊。」

趙婷問：「張老師您知道我父親？」

張凡說：「我知道，也曾經在某個場合見過，你父親是一把做生意的好手，很有頭腦。」

趙婷高興地說：「這我可要回去轉告給我父親，想不到您對他評價這麼高。」

張凡說：「我曾經做過一個關於民營企業的課題，通匯集團是我這個課題選取的樣本，所以我關注過你父親一段時間。不過，我只是採用一些官方報導出來的資料，跟你父親沒有很深的接觸。」

趙婷笑笑說：「這可是真巧。什麼時間老師可以到通匯集團去做客，我相信我父親一定歡迎您。」

張凡笑著說：「看機會吧，我也很想瞭解一下現在這些成功的民營企業家的真實想法。」

這一晚上，反倒是張凡和趙婷聊得很投機，到傅華和趙婷離開的時候，張凡還交代傅華，要他多帶趙婷來玩。

路上，傅華開著車，沒有說話，趙婷看了看他說：「我沒幫你說話，你生我的氣了？」

傅華笑笑，說：「哪裡，我只是在想怎麼跟賈師兄說這件事情。」

趙婷說：「你就實話實說唄。其實，我覺得張老師不去也不是什麼壞事，反而他如果去了，當場這麼給你師兄教訓一通，那多尷尬啊？你這老師確實也夠不給面子的，沐猴而冠，不知道你師兄聽了這句話會是個什麼反應？」

傅華笑笑：「我哪敢跟他說這個，說了他還不惱羞成怒？我會委婉一點的。」

趙婷說：「你就滑頭吧。」

將趙婷送回去之後，傅華撥通了賈昊的電話：「師兄啊，抱歉，我未達成你之所託啊。」

賈昊說：「怎麼，老師不肯來？」

傅華笑笑說：「老師說他那晚有事，不能分身。」

賈昊乾笑了一下，有些失望地說：「那就沒辦法了，唉，老師還說別的沒有？」

傅華想，雖然我不能把老師的話全部都說給你聽，但可以揀一些重要的提醒你一下，便說道：「老師讓我轉告你，要你謹守本分，不要弄得太過醒目了。」

賈昊笑了：「我就知道他對我有意見，哎，我也沒做什麼出格的事情啊？老師怎麼

就是看不慣我呢？」

傅華心說你這還不夠出格？都弄一台京劇出來了，試問做官的，有幾個能像你這麼做的？

傅華看賈昊並沒有反省的意思，也就不好再說什麼勸導的話了，便說：「老師也就是說說而已。好了，沒別的事情我掛了。」

賈昊說：「沒別的事情了，到時候你可一定要準時到啊。」

傅華說：「好的。」

公演當天，丁江父子上午就趕到了北京，他們是這場京劇的贊助者，自然不能缺席。中午傅華陪著丁江、丁益一起吃飯。

丁江說：「傅華啊，告訴你一個好消息，我們的股票上市申請即將上會了。」

上會是指申請發行股票的公司提交到證監會發審委首次公開發行股票申請，將在發審委的定期會議上審核。若是通過，公司就可以發行股票，否則就不能通過股市融資。

傅華心說你們這個時間點安排得真好，賈昊剛剛達成自己的心願，你們的申請就要上會核准，這還有不被批准的道理嗎？

傅華說：「那恭喜丁董了，這下子，你們公司將能獲得飛躍式的發展。」

丁江端起了酒杯：「老弟，我首先要謝謝你，沒你的幫助，我們公司上市不會這麼順利的，來，我敬你。」

傅華笑笑：「是你們公司實力夠，我只不過是起了一點仲介作用。丁董說謝謝就太客氣了。」

丁江笑著搖了搖頭：「公司實力夠頂個屁用，多少公司都有實力，可他們能上市嗎？」

傅華笑笑說：「丁董的話有點偏激了，大多數的官員還是好的。來，我們不談這個了，喝酒，丁益，一起來。」

三人碰了碰杯，將杯中酒乾掉了。

喝完酒，丁江說：「我這個人做事向來講求公道，老弟幫我這麼大忙，我不能一點表示都沒有，我已經將老弟加入了股東名冊，你名下有三萬股。」

傅華笑了：「丁董，這個我可是愧不敢收。我們朋友相交，如果涉及這些，就有些變味了。」

丁江笑著搖了搖頭，「老弟啊，你這是不想給我還人情的機會啊。」

傅華笑笑：「丁董，你是貴人多忘事啊，人情你不是還了嗎？在北京飯店你請我吃過譚家菜了。實話說，那是我這輩子吃過的最豐盛的一頓了。」

丁江笑道：「老弟啊，我不勉強你，這樣，股份我會爲你保留著，你什麼時候想要了，跟丁益說一聲，我讓他給你送去。」

傅華笑著說：「丁董這份心意我領了，股份的事情就算了吧。」

丁江說：「我放在那兒是我的事，這你就管不著了。好啦，不說這個了，來之前，曲市長跟我見過面，他讓我帶句話給你，要你多留意一下海川來北京的人。」

傅華愣了一下：「曲市長這是什麼意思？要我注意誰啊？」

丁江搖了搖頭：「他語焉不詳，我也不太清楚是什麼意思，我也不好問。」

傅華心中暗自猜測也許這跟王妍和孫永兩股勢力合流有關，不過這不好明說，便笑說：「我也猜不透曲市長葫蘆裏賣的什麼藥。」

話題又轉到了晚上即將公演的《秋聲》上，傅華因爲沒請到張凡，心中稍覺歉疚，因此對《秋聲》不吝讚美之詞，很是表揚賈昊了一番。

晚上，華景京劇團的劇場裏盛況空前，座位爆滿，演員最後出來謝幕的時候，全場觀眾起立鼓掌，掌聲久久不息，演員不得不再三鞠躬感謝。

這個熱鬧的場面看得在前排的傅華和趙婷都有點愣了，這部劇真的這麼好嗎？京劇真的這麼受歡迎嗎？難道懷舊風成了社會新的流行元素嗎？

這不但趙婷感到困惑，連傅華都有些看不明白。

接連幾天，北京的晨報、晚報等一干報紙都在顯要位置報導了《秋聲》的公演，什麼京劇的創新，什麼老樹煥發新枝之類的溢美之詞紛紛見諸報端，似乎一個新的京劇大家誕生了。

又過了幾天，丁江的天和房地產有限公司ＩＰＯ順利通過，為了慶祝，丁江邀請了頂峰證券的潘濤和傅華一起吃飯，為了避嫌，他並沒有邀請賈昊。

傅華早早就到了，跟丁江父子坐在飯店的雅間等潘濤。丁江看上去滿面紅光，難以掩飾因為公司順利得到上市核准的興奮。

潘濤晚了半個小時才到，一進門就叫道：「不好意思，不好意思，路上堵車。」

丁江、丁益和傅華都笑著跟潘濤握手，坐定之後，傅華先端起了酒杯，笑著說：「今天這杯酒我先來敬吧，一是祝賀天和公司上市得到核准，二來也祝賀潘總完成了一筆大業務。」

丁江和潘濤都說好，這杯酒一定要喝，四個人就碰杯，乾掉了杯中酒。

傅華接著說：「今天我師兄沒來，來了的話，我也要向他敬一杯，他的《秋聲》引起了這麼大的轟動，我覺得也應該向他表示祝賀。我真沒想到，現在還有這麼多人喜歡京劇。」

潘濤呵呵笑了起來，說道：「老弟啊，眼見不一定為實，你以為那京劇真的那麼受歡迎啊，那不過是這些朋友們幫賈主任捧個場而已。」

傅華一下子明白了，那些爆滿熱烈的掌聲、那些溢美之詞，都不過是眼前這些有求於賈昊的人的安排，在這些人的追捧和炒作之下，賈昊的平庸之作竟然讓自己都覺得引起了轟動，這真是滑稽。

賈昊知不知道這是潘濤和丁江在做局捧他呢？傅華感覺他是應該知道的，賈昊也是一個絕頂聰明的人，他不可能對自己的真實能力沒有一點認識。

看來他不但知道，甚至還樂於接受。呵呵，這是一部台上台下同時都在演出的鬧劇，台下的演出甚至比台上更精彩。

傅華這時才了解到張凡不肯出席公演的英明，如果他出席，就會成爲這場鬧劇中的一員，成爲爲一隻穿上衣服戴上官帽的猴子鼓掌叫好的看客。張凡自是不肯成爲這場滑稽戲中的一員，他明確拒絕了參加。

想到這些，傅華自覺好笑，他感覺自己也成了這場滑稽戲中的一個小丑。

海川。

吳雯忽然接到了孫永秘書馮舜的電話，馮舜說孫書記要她去海川大酒店七〇六號房間，想跟她談談那天說的拿地的事情。

接到電話，吳雯愣了一下，孫永究竟想要做什麼？

她久歷歡場，自然先把孫永約自己去酒店往那方面想，尤其是那天第一次見面，孫永表現得那麼急色，更讓她不能不往那方面想。

要是在北京，吳雯不會在乎什麼，甚至會很高興有這樣一個機會能將這些臭男人掌握到手裏，但這是在海川，是在自己的家鄉，她費盡心機找資金回鄉創業，是想借此回到原來正常的生活，而不是繼續在北京的荒唐歲月。

吳雯猶豫了，但她不敢直接回絕，她期盼的東西還在孫永的掌握之中，她不敢明白的得罪他。隨機應變吧，自己也不是沒應付過這種場面。

吳雯笑笑，回答馮舜說：「好的，你跟孫書記說，我馬上就到。」

坐在海川大酒店七〇六房間裏，孫永坐立不安，馮舜告訴他吳雯已經答應要過來，到時候要怎樣將這個女人拿下呢？

一直以來，孫永覺得自己的私生活是很檢點的，雖然他曾經染指過一個女下屬，不過很快他就想辦法將那個女下屬提升，調離了身邊。

那個女下屬也是有所圖的，既然得到了想要的東西，孫永也不是什麼能吸引住人的男人，所以馬上就明智地選擇了離開。這段曖昧成了只有當事人雙方心知肚明的一段往

事，孫永現在幾乎將其淡忘了。

孫永不是不喜歡年輕貌美的女人，他很喜歡，可是隨著職務的升遷，他越來越把這個見不得人的喜好壓在了心底最深處，他看過多少本來很有前途的幹部折在女人的褲腰帶上，因此常常提醒自己，離女人，尤其是漂亮女人遠點。

但欲望只是被壓抑住了，並沒有被消滅，也是不可能被消滅的。多少次午夜夢迴，孫永看著身邊皺紋滿面的老妻心生厭惡，可又不得不壓下這個厭惡，繼續同床共枕下去。

吳雯的出現，讓孫永忽然覺得前半生的努力，似乎就是在等這樣一個女人出現，他很慶幸現在自己位高權重，不然的話，他這樣的男人，像吳雯那樣的女人是連看都不會看他一眼的。但現在就大不同了，他希望用權力來俘獲吳雯的芳心。因此思量再三，才決定安排這一次的會面。

悅耳的敲門聲響起，孫永連忙走到門邊，深吸了一口氣，然後笑著開了門。

吳雯亭亭玉立地站在門外，甜甜地說：「孫書記，讓你久等了。」

這一笑讓孫永心裏蕩漾不已，心說難怪古人說「回眸一笑百媚生，六宮粉黛無顏色」，這樣的美女原來現實中還真的存在。

孫永陪笑著說：「也沒有久等，我也剛到，快請。」

吳雯跟著孫永進了房間，到沙發那兒坐下，孫永給吳雯倒了一杯水，順勢坐到了吳雯身邊。

吳雯輕輕皺了一下眉頭，她很清楚男人坐到自己身邊的心理企圖，她往外坐了坐，想用肢體語言向孫永表達自己並不想跟他有什麼身體接觸，然後笑著問道：

「孫書記找我來，是有什麼指示嗎？」

孫永笑了笑說：「是這樣，你想徵購那塊地，我大體瞭解了一下，不是說不可以，有些細節問題我還想瞭解清楚，你知道這件事情還沒走上臺面，不能到辦公室去談，所以只好約你到這裏了。」

孫永的解釋合情合理，吳雯也說不出什麼來，於是笑笑問：「孫書記想要具體瞭解什麼？」

孫永說：「那天你只是概括地說了你大致的要求，你能詳細地跟我說一下具體的細節問題嗎？比如詳細的位置、你具體的規劃。」

吳雯早已做了認真的準備，聞言，拿出了她準備好的資料，開始一一講解起來。

孫永做出一副認真看資料的樣子，又湊到了吳雯面前。吳雯的手在資料上指指點點，孫永心裏不由得讚了一聲，好美的小手啊，這個女人真是太完美了。好多女人有漂亮的臉蛋，卻很難有一雙漂亮的小手。

孫永忍不住伸手抓住了吳雯的手：「吳小姐，你的手真是太好看了。」

吳雯沒想到孫永竟然這麼大膽，公然調戲自己，連忙使勁往外抽自己的手，嘴裏叫道：「孫書記，你這是幹什麼，放開。」

孫永緊抓住不放：「吳小姐，你也知道我在海川的身分，只要我說一句話，海川你什麼事情都能辦成。」

說著，孫永就想湊到吳雯的臉龐去吻她，吳雯厭惡地看著孫永肥膩的臉，用力將自己的手抽了出來，將孫永狠狠地推開，起身閃到了一邊，說道：「孫書記，請您自重。」

孫永是一個市委書記，他習慣了用權力而非暴力，因此並未追過來，他坐在沙發上看著吳雯說：「吳小姐，你好好想想，只要你對我好，我是能幫你賺大錢的。」

吳雯冷冷地看了孫永一眼：「孫書記，我看你今天不太清醒，我們改天再談吧。」說完收拾起東西，就打開房間門走了。

孫永看著這一切，又氣又惱。他不敢阻攔吳雯，多年養成的謹慎風格，讓他害怕一旦阻撓吳雯，吳雯會鬧起來，事情會演變得不可收拾，那他市委書記的顏面就會掃地。

孫永只能看著吳雯離開。

孫永心裏暗罵，臭娘兒們，裝什麼清高，你這麼年輕，家裏又不是那麼有錢，要支撐什麼海雯置業，錢又是從哪裡來的？除了去賣，否則又怎麼會有這麼多錢？媽的，你敢不給老子面子，看我怎麼收拾你。現在既然不行，那老子可要對不起了，老子要按照原來的方案執行，看你還拿個屁地。

原本孫永答應王妍，其實並沒有真心想要幫忙，他是想利用王妍達到整倒曲煒的目的，後來見到吳雯，對吳雯動了心思，這才想真的幫吳雯運作這件事情，沒想到在吳雯面前碰得灰頭土臉，惱怒之下，便決定執行原定的方案。

孫永調整了一下情緒，撥通了王妍的電話。

王妍接到電話很高興，以爲她托孫永辦的事情有了眉目，就笑笑說：「孫書記啊，那件事情辦下來了？」

孫永嗯哼了一聲：「不好意思啊，王老闆，我是真心想要幫你，有關部門我都給你打好招呼了，可是曲煒知道之後，堅決不同意。我也只好作罷，真是抱歉。」

王妍心涼了半截，問道：「曲煒不同意，孫書記您就不能想想辦法嗎？」

孫永說：「不行啊，你這件事情是不是以前跟曲煒說過？」

王妍心虛了，她事先並沒有把情況都跟孫永講明，尤其是曲煒堅決反對這件事情。

王妍問道：「怎麼了，孫書記你爲什麼這麼問？」

孫永說：「我看曲煒反對的態度十分堅決，懷疑這件事情他是不是知道是你要辦，記恨你，所以堅決反對。」

王妍說：「我在他面前提過一次，沒想到他這麼小心眼兒。」

孫永說：「那就沒辦法了。」

王妍哀求說：「孫書記，您是一把手，應該有辦法的。」

孫永說：「不行啊，你沒看到曲煒當時的態度，他說，如果我非要這麼做，他會到省裏找程書記告我。看來只要曲煒當市長，你這件事情就沒法子辦。好啦，這件事情就這麼算了吧。」說完孫永掛了電話。

王妍叫了一聲：「孫書記……」電話那邊已經斷線了，氣得她一把把電話扣住，大叫了一聲：「曲煒，你個王八蛋。」

氣憤中，王妍撥通了曲煒的手機。

曲煒接通了，一副不高興地口吻說：「王妍，什麼事啊？」

王妍叫道：「曲煒，你非要跟我過不去是嗎？」

曲煒有點兒摸不著頭腦：「什麼啊？」

王妍叫道：「你別裝糊塗了，我告訴你曲煒，你不想讓我好過，我也不能讓你好過了，你等著吧，我會讓你知道我王妍也不是好欺負的。」說完扣了電話。

曲煒被王妍莫名其妙地吼了一頓，愣了半天，心說這女人怎麼了，自己最近沒做過什麼得罪她的事情啊，這個女人真是不可理喻，幸好已經跟她斷了來往。

這時余波來通知他開會時間到了，他就扣了電話，並沒有深想王妍為什麼會這麼做。

吳雯從海川大酒店回去，越想越氣，心想自己是帶著幾千萬回來投資的，孫永憑什麼以為他可以對自己這麼不規矩？難道自己身上還帶著仙境夜總會的那種歡場氣息嗎？

吳雯有些後悔不聽傅華的勸告，非要逞能拿這塊海濱大道的地，現在看來，事情越來越麻煩了，不但拿地遙遙無期，那個色鬼書記還想染指自己。

真是自作自受，何必呢，要不乾脆放棄這個想法，把一百萬拿回來算了。

想到這裏，吳雯把電話打給了王妍。

王妍看見是吳雯的號碼，猶豫著是不是要接，按說孫永現在說不能辦了，自己應該要退錢給吳雯，可是拿什麼退給吳雯呢？可是就這麼躲著也不是辦法，王妍最終接通了電話。

吳雯笑著說：「王姐，我現在不想辦海濱大道這件事情了，能不能麻煩你把那一百萬退給我？」

王妍愣了一下，吳雯開門見山直接要錢，說明她多少知道了一點風聲，可是自己拿

不出那麼多錢來啊，也只好硬撐下去了。

王妍笑笑：「怎麼了，我不是領你去見過孫書記了嗎？現在事情剛有點兒眉目，你怎麼就打退堂鼓了？」

吳雯說：「這事情拖得也夠久了，孫書記那裏也不見得能辦下來。王姐，我看還是算了吧。」

「那怎麼能行，爲了運作你這件事情，有些錢我已經花出去了，你這時候跟我說不做了，那我損失大了。」

「王姐，你這樣下去不行的，你拿了我的錢這麼久，卻一點眉目都沒辦出來，你說花了錢，誰相信啊？」

「妹妹啊，這不是一件容易的事情，你再等等，馬上就會有好消息出來的。」

「那你給我一個時間，到時候再辦不好，別說我不講情面。」

王妍心說我哪裡能給你什麼時間，孫永都跟我說不能辦了，不過先拖一天算一天吧，就說道：「那就一個月，一個月後，我肯定給你答覆。」

「那好，我就給你一個月的時間，再辦不好，你也別跟我囉嗦了。」

吳雯掛了電話。

王妍開始在辦公室裏打轉，怎麼辦才好呢？目前這個狀態，曲煒是想對自己趕盡殺絕啊，有他在，吳雯的地根本拿不到，他甚至爲了報復，不惜跟孫永反目，這傢伙也太惡毒了吧？當初自己不該一念之仁，沒有在省城鬧下去，反而讓他現在這麼囂張。

看來曲煒不離開海川，自己想要幫吳雯辦成這件事幾乎是不可能的，「好吧，曲煒，既然你豁得上魚死，那我也不怕網破。」

可是要怎麼去告曲煒呢？難道還要像上次一樣去省城嗎？上次自己在省城鬧了一下就偃旗息鼓了，這一次再去，那些人會不會不搭理自己啊？再說，自己上次已經告上去了，曲煒也沒受什麼處分啊，似乎有人在袒護著他，這一次再去省城有用嗎？如果去了也沒用，那要怎麼辦呢？

想來想去，王妍覺得這次一定要做得徹底一點，一定要達到整倒曲煒的目的。她想到了孫永，孫永應該是跟自己有志一同的，說不定會有什麼辦法讓自己達成目的。

孫永聽到王妍要見面商量如何去告曲煒，簡直都有點佩服起自己的神機妙算來了，其實他根本就沒幫王妍去運作拿地的事情，所謂的曲煒堅決反對，不過是他編造出來的謊言。現在見王妍上當，他連忙答應了下來，讓王妍在海益酒店裏等他，他馬上就到。

王妍見到了匆忙趕來的孫永，說：「孫書記，我覺得不整倒曲煒，我在海川不會有好日子過，你幫我出出主意，這次去省城，要怎麼樣才能徹底搞掉他。」

孫永咂巴了一下嘴，說：「你是真的下了決心嗎？」

王妍說：「當然是真的了。」

孫永說：「不會再半途而廢？」

王妍說：「不會了，我現在都後悔當時不該一念之仁放過了他，要不然我託你辦的事情可能都已經辦下來了。」

孫永說：「你上次的事情辦得很糟糕，本來只要你鬧下去，省裏面的領導可能就處分曲煒了。結果鬧了一下就沒下文了，讓別人都覺得你有些兒戲。」

王妍說：「這次我一定不會這樣了。你說，我到了省城要怎麼做？」

孫永搖了搖頭說：「我覺得你這一次不要去省城了。」

王妍問：「爲什麼？」

孫永說：「一來，你已經鬧過一次了，再去人家不一定會當回事；二來，我覺得省裏面有人護著曲煒，你去了也沒用。」

王妍說：「那怎麼辦？難道我就這樣讓曲煒欺負了？」

孫永說：「你有沒有膽量去北京告他？」

王妍說：「我也豁出去了，沒什麼不敢的。」

孫永說：「好，我幫你找找我北京的朋友，讓他帶你去紀委的信訪室告曲煒去。」

王妍說：「那你趕緊聯繫，我明天就動身。」

孫永說：「去了北京不能像到省城那樣空手去，你要把你流產的相關證據搜集好了帶去，讓他們看到你的證據才行，不然他們會覺得你在空口說白話，不可信。」

於是，王妍又去了勻州，將在勻州做流產手術的病歷調了一份出來，然後匆忙趕回海川，拿上孫永給她的朋友的聯繫方式，就去了北京。

一切都在悄無聲息地進行著。

半個多月不覺就過去了，這天傍晚，傅華和趙婷正在王府井小吃街上邊逛邊吃，什麼爆肚、土耳其烤肉、豆花之類的，讓倆人大快朵頤。

傅華的手機響了，看看竟然是章旻的電話，連忙接通了：「你好，章董，有什麼指示嗎？」

章旻並沒有跟傅華打哈哈，而是直接嚴肅地問道：「你在做什麼？方便說話嗎？」

傅華說：「沒做什麼，跟我女朋友在小吃街上吃點東西。」

章旻說：「哦，有件事情我跟你說一下，曲煒市長被調走了，你要做好心理準備。」

傅華愣住了，他以為聽錯了，連忙追問了一句：「章董，你剛才說什麼？曲市長被

調走了？我沒聽錯吧？」

章旻說：「對啊，就是曲市長被調走了。」

傅華有點恍惚，他還是不太相信：「這消息準確嗎？你怎麼知道的？」

章旻說：「準確，調令即將下達了。」

傅華說：「怎麼這麼突然啊，事先就一點徵兆都沒有？」

章旻說：「突發事件，王妍在北京告了曲煒，中紀委將相關的資料轉了下來，資料上，領導簽署意見要求省裏嚴肅處理，省裏於是認為曲煒已經不適合在海川工作了，決定將曲煒調到省政府去做副秘書長了。」

從一名位高權重的地級市市長，變成了省政府一名為領導服務的副秘書長，級別雖然沒有什麼變動，可權力卻發生了極大的變化，曲煒實際上算是被貶了。

傅華不無懊悔地說：「哎呀，這要怪我，原來曲市長還囑咐我，說要我注意海川來的人，我沒當回事，原來他早知道可能有人來北京告他啊？我真是沒用。」

傅華是想，如果事先見到王妍，一定會勸她放棄告曲煒的念頭，這些事情也許就不會發生了。

章旻說：「這本來就是防不勝防的事情，你也不用去懊悔什麼，還是針對這個情況，考慮一下你下一步的行動吧。我就是通知你一聲，你好好想想吧，我掛了。」

章旻掛了電話，傅華想想也是，現在懊悔也沒什麼用處，曲煒離開海川，海川的政局將會有一個很大的改變，自己要在這變局中如何自處呢？

趙婷在一旁看傅華站在那裏發呆，輕輕推了他一下：「誰的電話啊？」

傅華回過神來：「是章旻的電話，他說曲煒市長被調走了。」

趙婷也愣了一下，她對曲煒的印象不錯，連忙問道：「怎麼回事啊？」

傅華講了原因，趙婷說：「我當初就看那個王妍不是什麼好東西，沒想到曲市長真的壞在了她手裏。」

傅華嘆了一口氣：「我也勸過曲市長多次，要他離開這個女人，可是他就是不聽。」

趙婷說：「我想現在最不好過的大概是曲市長，你要不要打電話過去問候一下？」

傅華說：「對啊，我怎麼糊塗了，這時候是應該打個電話過去。」

傅華趕緊撥通了曲煒的電話。

曲煒接了，語調低沉地說：「傅華啊，你這個時候打電話來，看來是知道我被調走了。」

傅華說：「剛剛章旻給我打電話了。」

曲煒苦笑了一下：「沒想到我真的栽在了王妍手裏，當初真該聽你的話來著。」

傅華說：「曲市長，事情都已經這樣了，就不要去在意這些東西了。」

曲煒說：「唉，我本來還想在海川有一番作爲呢，現在什麼都不用說了。」

傅華說：「是我不好，我沒按照您的吩咐留意海川來的人，這才讓王妍有機可乘。」

曲煒笑笑說：「我當時只是一種猜測。你別把責任往自己身上攬了，這一次你就是想攔也攔不住的。有朋友跟我說，孫永幫王妍在北京找了關係，所以才會那麼順利。其實我也不怪王妍，我現在想想，逼她流產這件事情確實做得過分了。不過我不甘心呀，說到底，我還是被孫永算計了。」

傅華說：「曲市長，我不捨得你走。你不在海川了，我怎麼覺得好像心裏空了一大塊。」

曲煒說：「傅華，你的能力已經足夠獨當一面，不用再依靠我了。我走後，上面讓常務副市長李濤暫時代理市長，你不用擔心，他對你的印象還不錯，相信你留任駐京辦主任不成問題的。」

傅華苦笑了一下：「當初不是您留我，駐京辦這邊我根本就不會來。現在您都離開海川了，我留在這裏就更沒有意義了。」

曲煒說：「你不能這樣，不要因爲我的去留影響你。」

傅華笑笑說：「好啦，曲市長，你先不要管我了，你還有沒有什麼事情需要我辦的？」

曲煒苦笑了一下：「沒有什麼了，有時候想想挺可笑的，原本以爲自己對海川是很重要的，突然被調走，卻發現自己根本就無足輕重，這裏沒有什麼離不開我的，我似乎也沒什麼好留戀的。呵呵，想想自己當初真是有點愚蠢。」

傅華說：「您怎麼會無足輕重呢？你一離開，海川的政局就會發生極大的變化。」

曲煒笑笑說：「好了，別來安慰我了，這件事情發生對我不見得是一件壞事，起碼我想通了一些以前沒想通的道理。今後我要過自己的生活了。好啦，我還有事要處理，就這樣吧。」

曲煒掛了電話。趙婷看著傅華：「曲市長說什麼了？」

傅華說：「他還能說什麼，他也只能接受現實。好啦，我沒心情逛下去了，送你回去吧。」

趙婷說：「我知道你心裏不好過，不過事情已經這樣了，難過也解決不了問題。」

傅華握了握趙婷的手：「我知道，你不用爲我擔心。」

倆人就出了小吃街，傅華開車將趙婷送回家，回到了辦事處。

一進辦事處，劉芳就迎了過來，滿面笑容地說：「傅主任，秦副市長的秘書小李打

電話來，說秦副市長明天到北京來，讓辦事處安排接待一下。」

傅華看了劉芳一眼，這個秦屯在曲煒一被調走，馬上就跑來北京，究竟有什麼企圖啊？看劉芳眉眼帶笑的，很可能是秦屯親自打電話跟劉芳說的，肯定他已經跟劉芳說了曲煒被調離的事情。

這世道也真是的，像秦屯這樣成天渾渾噩噩的人可以安居高位，而曲煒這樣努力幹事的人卻被調走，真是沒有公理。

傅華心中很是厭惡，便說：「劉姐這麼高興，是不是你想要明天去接秦市長啊？」

劉芳說：「別瞎說，我怎麼會那麼想呢？這個級別的領導應該是傅主任去接才對啊。」

傅華笑笑說：「怕秦副市長更喜歡劉姐去接吧？」

劉芳臉板了起來：「傅主任，話可不能隨便說的。」

傅華心說你裝得跟什麼似的，誰不知道你跟秦屯的關係，不過，他今天也沒心情跟劉芳逗下去，就說：「好了，我知道了。」

這一晚傅華沒有睡好，他想了一晚自己的去留問題。

留吧，今後如果沒有一個能像曲煒一樣支持自己的領導，駐京辦的工作開展起來將會縛手縛腳，留下來猶如雞肋；走吧，目前還沒有一個適合的去處，他並不想去什麼通匯集團，那裏是趙凱的天下，他並不想去被他掌控。

想來想去，傅華還是沒有拿定主意，決定暫時先放下這個問題，觀察一段時間再說。

第七章

政治盟友

孫永說：「秦屯？駐京辦又不是他管的，他去招惹傅華幹什麼？」
李濤就講了秦屯跟傅華衝突的經過。
孫永聽完，半天沒表態，他覺得秦屯是做得過分了，
可是秦屯畢竟是政治盟友，他不想在李濤面前批評秦屯。

在機場，傅華接到了秦屯和他的秘書小李。

一見面，秦屯就一臉的不高興，說：「傅主任，你們的工作紀律怎麼這麼散漫呢？怎麼昨天打電話去你們辦事處，你都不在？」

傅華沒想到秦屯一來就找碴，愣了一下，旋即解釋說：「我看已經過了下班時間，就和朋友一起出去吃飯了。」

秦屯說：「你不用解釋了，才不過剛過了一點時間你就不在，市裏面如果有什麼急事需要你們辦事處去辦，怎麼辦？」

傅華心說：你這是欲加之罪，何患無辭了，我又不是沒有手機，可以直接打到我的手機上來啊。傅華心知秦屯這是曲煒離開之後看自己沒了依靠，故意找麻煩的，就不言語了，反正他知道解釋也是沒用的。

沒想到秦屯還是不肯善罷甘休，又說道：「怎麼不說話了，我批評錯了嗎？」

傅華強壓下心中的怒火，說道：「沒有，秦副市長你批評得對，我做錯了，回去我一定改正。」

秦屯冷笑了一聲：「這才像回事。」

傅華一肚子不滿，將秦屯送到了酒店住下，也沒說要留下來陪他吃飯接風，就離開了。

秦屯對傅華的離開沒說什麼，也沒留他下來，心裏卻冷笑了一聲：傅華啊，你也不過如此，沒有了曲煒的保護，你也被我收拾得灰頭土臉的不是。

這時，劉芳的電話打了來，問秦屯是否方便，秦屯邪笑了一下：「寶貝，你趕緊來吧，傅華已經走了，我正等你呢。」

十幾分鐘之後，劉芳就趕了過來，一進門，秦屯就將劉芳拉進了懷裏，說道：「我想死你了，寶貝。」

倆人倒在了床上，相互撕扯著拉開了對戰的序幕……

酣戰完畢，劉芳偎依在秦屯懷裏，喘息著說：「你這傢伙真是狠心，我來駐京辦這麼長時間了，你才來看我。」

秦屯笑著說：「以前不是有曲煒在嗎？我哪裡敢過來看你。」

劉芳說：「現在曲煒可是調走了，你打算拿傅華怎麼辦？」

秦屯說：「怎麼了，你受不了他？」

劉芳說：「這傢伙夠討厭的，成天一本正經的，昨天還說我跟你的風話來著。」

秦屯冷笑了一聲：「他囂張不了幾天了，今天在機場還被我收拾了一通呢。」

劉芳說：「你趕緊想辦法把他弄走吧，他在駐京辦，我感到真彆扭。」

秦屯說：「你先別急，等我這次當上了市長，第一時間就把他調走。」

劉芳抬頭看了秦屯一眼，問道：「你說你這次可能當上市長？」

秦屯笑了：「你覺得我像當市長的樣嗎？」

「像，太像了。」劉芳抱著秦屯的腦袋狠狠地親了一口，「你怎麼這麼有把握？」

秦屯說：「孫書記跟我說了，他這次一定會盡力幫我爭取當上市長，還讓我到北京來找關係活動活動，確保我能當上這個市長。」

劉芳高興地說：「那真是太好了，我跟你說，你當上了市長，我可要當這個駐京辦的主任，說定了啊。」

秦屯說：「那是當然了，寶貝，你最適合這個位置了。」

劉芳說：「那你在北京可要好好運作，一定要確保當上市長。」

秦屯說：「這個還用你說，我已經找到了一位神通廣大的人物，這次來就是跟他見面的，只要我跟他把關係處理好了，當市長應該不成問題。」

接連幾天，傅華並沒有去見秦屯，他心中已經有了主意，如果曲煒的接任人故意給自己難堪，那駐京辦這個地方也不是不可以離開的。

秦屯也一直沒找傅華，只是劉芳常常會不在辦事處，就是回到辦事處見了傅華，也是一副愛理不理的樣子，全然沒有了當初的恭敬。

林東雖然沒有像劉芳表露的這麼明顯，可是也常找理由從辦事處溜走。傅華清楚他們是向秦屯獻媚去了，心裏不恥這二人的小人嘴臉，反正他猜測自己在駐京辦的時日也不會太多了，就任由這二人去胡鬧了。

原本傅華以爲秦屯既然不待見自己，他就裝糊塗不露面，等秦屯要離開北京去送送就行了，沒想到他這個如意算盤並沒有打響。就在傅華以爲秦屯將要離開北京的時候，秦屯把電話直接打到了他的手機上。

傅華接通了，說：「秦副市長，有什麼指示嗎？」

秦屯很不高興地說：「傅華，你什麼意思，我到北京這麼些天，你除了接我那天露了面，再就不露頭了，你就是這麼接待領導的嗎？」

傅華對秦屯的態度早就做好了心理準備，說：

「秦副市長，您別生氣，我只是不太清楚您這次來北京究竟是幹什麼來的，爲公嗎，市政府那邊也沒說您要來開會還是幹什麼的；爲私嗎，您又沒跟我交代您的行程。我是怕您有什麼不方便公開的，我去了反而惹您討厭。再說，這些天我們駐京辦在您身邊也有人在，相信您有什麼要求，會有人轉達給我的。」

傅華跟海川市政府那邊瞭解過，秦屯這次來北京並不是爲了什麼工作而來的。

秦屯生氣說：「你還挺有理的？」

傅華笑笑說：「不敢，您如果只是打電話來批評我的，我虛心接受就是了。」

秦屯火了：「傅華，你這是什麼態度？沒有人能管得了你了是吧？」

傅華心想：我的駐京辦又不是由你管的，就是有人能管得了我也不是你，便不卑不亢地說：「秦副市長，如果您沒有別的事情，我要掛電話了。」

秦屯氣哼哼地說：「你行啊，傅華。好吧，我先不跟你計較，你馬上趕到崑崙飯店的上海餐廳來，我在這裏宴請一位朋友，你來參加一下。」

傅華只是很不爽秦屯對自己的態度，並不是一定要跟秦屯鬧翻，聽秦屯要自己參加酒宴，就順勢下坡：「好的，我一會兒就到。」

到了崑崙飯店，進入上海餐廳的門樓，繞過光影迷離的木質影壁。沿鵝卵石鋪就的小巷，走進宛若進入月華輝映下的江南望族宅第，小橋流水迂迴，翠竹花木婆娑，粉牆烏窗裏燈火依稀；再走上幾步，感覺又不同了，金龍在穹頂盤繞，藤蘿沿石壁蔓生，乾隆御題和宮廷藏品隨處可見，簡直是帝王行宮的再現！

徜徉在小橋流水的中式庭院，有一種如歌般的夢幻感覺。尤其是在那條曲曲彎彎的小徑裏，只見仿真的藤蘿枝葉在同樣仿真的水瀑中泛著潤澤，逼真地搖曳擺動，令人有理由相信它會真的活過來一樣。

傅華心說這秦屯倒是會挑請客的地方，傅華身邊並沒有愛吃上海本幫菜的朋友，因此上海餐廳他還是第一次進來。

傅華暗自慶幸帶了卡來，他知道秦屯說的好聽是要自己來參加宴會，實際上最大的可能是想要自己結賬，這個地方肯定是貴得要命，帶了卡來相信還足以應付。

在單間裏，秦屯、秘書小李、劉芳和一位四十多歲的中年男子已經等在那裏了，中年男子背後站著兩名虎背熊腰的保鏢似的人物。

這種情形傅華還是第一次見到，他不是沒見過有錢或者有權勢的人物，但像今天這位先生背後如影隨形跟倆保鏢的還是第一次見到。他不禁疑惑這是一個什麼樣的人物啊？有必要這麼招搖嗎？

打從看到那位中年男子，傅華就明白秦屯爲什麼要選在這裏請客了，這位中年男子一副江浙一帶的長相，傅華猜度應該是上海人。果然這男子一開口就是一副上海腔。

秦屯介紹男子說是許先生，並沒有具體說許先生是做什麼的，但從秦屯恭敬的態度上看，這個許先生一定是一位很重要的人物。

劉芳和小李衝著傅華笑笑，算是打了招呼，傅華心想劉芳你倒是一點都不遮掩了，看來曲煒被調走，秦屯沒有了管束，便開始張狂了起來。

秦屯對許先生說：「許先生，您住崑崙飯店這裏，您也比較熟悉上海菜，您來點菜吧。」

許先生也沒客氣，張嘴就點了山楂基圍蝦、雙色扣素絲、乾烹鱒魚、蟹粉翅湯等菜，一看就是老饕，很懂得點菜。

這頓飯的氣氛有點詭異，那兩名壯漢一直面無表情直直地站在許先生的背後，看著在座的人吃，似乎就是在吃飯這個時候也可能會有人危及到許先生的安全。

傅華從來沒見過這種陣仗，被倆人搞得心裏彆彆扭扭的，加上最近發生這麼多事，讓他也沒心情細品，因此雖然上來的菜品精美異常，他卻有點食不知味。

秦屯卻沒受兩名壯漢的影響，跟劉芳兩個在酒桌上一味地討好許先生，說了很多讓人肉麻的話，聽得傅華渾身起雞皮疙瘩。

好不容易這場宴會到了尾聲，秦屯示意傅華出去把賬給結了，傅華就去了櫃臺說要結賬，櫃臺小姐說：「謝謝先生，九萬五千塊。」

傅華愣了半天，他原本以爲今天撐死了也就幾千塊而已，便問道：「你說多少？」

小姐說：「九萬五千塊，先生。」

傅華問道：「就這麼一頓飯就九萬五千塊？你們這裏也太宰人了吧？」

櫃臺小姐笑笑說：「先生，你誤會了，不只是今天一頓飯，還有許先生之前在這裏吃飯簽賬的部分，他說你們今天會全部結算的。」

傅華暗罵秦屯這個王八蛋，這傢伙想要拿自己當冤大頭啊，就算把這筆賬給結了，到時候如何跟辦事處報賬啊？自己又拿不出一個正當的理由報銷。看來秦屯是故意給自己找難題啊。他心裏冷笑了一聲：「秦屯，你打錯算盤了，我可不是任你宰割的。」

「那不好意思，小姐，我可能沒搞清楚，你等我先問一下。」

小姐笑笑說：「好的，先生。」

傅華轉身回了房間，對秦屯說：「不好意思，秦副市長，今天的賬我結不了。」

秦屯沒料到傅華當自己的面直截了當說不能結賬，便有些下不了臺，臉上紅一陣白一陣的，他惡狠狠地瞪著傅華說：「你剛才說什麼？你再說一遍？」

傅華絲毫也沒畏懼：「我說我不能結這筆賬，我們駐京辦沒這筆經費。」

劉芳跳了起來：「你胡說！我們駐京辦賬上有那麼多錢在，我看你是故意讓秦市長難堪。」

傅華冷笑一聲：「我們駐京辦賬上的錢是用來建海川大廈的，不是爲了不相干的人付賬的。」

秦屯火了，一拍桌子叫道：「傅華，你敢這麼對我說話，你別忘了自己的身分。」

傅華此刻也豁出去了：「我沒忘自己的身分，我是海川駐京辦的主任，有責任管理好駐京辦的資產。同時我也提醒你一下，秦副市長，你沒權利花費這麼多公款用於你的個人消費。」

劉芳有了秦屯的支持，腰桿硬了，叫囂說：「傅華，你要想想這麼做的後果。」

傅華看了劉芳一眼，不屑地說道：「你算什麼東西，有什麼資格跟我這麼說話。」

劉芳氣得滿面通紅，看著秦屯：「秦市長，你看傅主任，真是不可理喻。」

秦屯看傅華絲毫沒有示弱的意思，不加思索地叫道：「傅華，還反了你了，我告訴你，你的駐京辦主任幹到頭了，我現在就撤了你。」

傅華笑了：「秦副市長，你說什麼？你撤了我，呵呵，你還沒有這個資格，你知道你自己的身分嗎？我的駐京辦主任是上面任命的，豈是你說撤就撤的。」

秦屯也意識到話說得過頭了，不過，他也不想在傅華面前示弱，便說：「那你等著吧，我回頭馬上就向市委建議撤掉你的職務。」

傅華說：「隨便你吧。」說完，傅華摔門而出，離開了上海餐廳。

在房間裏，秦屯呆了半晌，小李在一旁捅了他一下，他才意識到還有許先生在場，連忙尷尬地陪笑說：「不好意思，許先生，這個傅華是我們原來市長的秘書，被慣壞了，一點教養都沒有。」

許先生說：「這傢伙猖狂什麼，他的後臺已經被調走了還這麼囂張，秦副市長，你別生氣，等我幫你幹上市長，看弄不死他。」

秦屯眼睛一亮，看著許先生笑問：「許先生能保證我一定當上市長嗎？」

許先生笑笑說：「這是小意思，我跟你透個實底吧，我跟某某很熟，我們兩家是世交，正好我這幾天要去他家裏找他有事，你們的省委書記叫什麼名字來著，程遠是吧？回頭我讓他給程遠打個電話，幾分鐘給你搞定。」

許先生說的某某，是當局很重要的一位高層領導的名字，許先生只稱呼他的名字，連姓都省略了，顯得跟這位高層領導十分親暱，聽在秦屯耳朵裏不由得大喜過望，「那可要拜託許先生了，事情辦成之後我必有厚謝的。」

許先生笑笑說：「那今天這個單？」

秦屯連聲說：「我來買，我來買。」

秦屯連忙叫小李出去買單，原來他這次進京是帶了一筆錢來的，可是他爲人很貪財和吝嗇，錢進了他手裏再讓他拿出來，難免有些心疼，恰好與劉芳在床上廝混的時候，聽劉芳提到過駐京辦建設海川大廈項目，公司賬上還有一筆很大的資金，雖然這是建海川大廈的錢，可秦屯知道，動一項工程對一個負責人來說是有很大油水的，他相信傅華在其中不知道得到了多少好處了，自己不分潤一點，心裏就有點彆扭，便有意從傅華身上打主意，想要傅華幫自己結了這一筆大單。這樣他既辦成了事，又省下了錢，一舉兩得。

只是沒想到傅華根本就沒把他這個副市長放在眼裏，直接就弄得他下不來台。不過，眼下許先生既然答應了讓自己做海川市的市長，他自然不肯因小失大，所以趕緊打發小李出去付錢。

傅華這傢伙絕對不能放過，回去要立即跟孫永商量一下，趕緊把他拿下，讓他知道知道我秦屯也不是好惹的。

傅華一肚子氣回到了駐京辦，原本曲煒離開海川市，他已經感覺留在駐京辦似乎沒什麼意義了，在被秦屯這麼一鬧，越發有些沒意思了。

傅華早就聽說秦屯投靠了孫永，心裏很明白秦屯今天之所以敢這樣肆無忌憚，全是因爲他背後的靠山是孫永。傅華相信，經過今天，怕是孫永也不會容自己繼續待在駐京辦主任這個位置上了。與其讓人趕走，還不如自己離開，乾脆辭職算了。

激憤中，傅華打了電話給暫時代理市長的李濤，提出了要辭職的想法。

李濤愣了一下：「怎麼了傅華，你不是幹得好好的嗎？怎麼突然就要辭職了呢？不會是因爲曲煒市長被調走這件事情吧？」

傅華苦笑了一下：「不是，我只是覺得不適合再擔任駐京辦的主任了，所以提出辭職，請市裏面批准。」

李濤說：「傅華啊，不對吧，一定有什麼原因的，究竟怎麼回事？」

傅華苦笑著說：「李市長，你就別問了，反正我不走，別人也會想辦法擠我走的，你還是放我離開吧。」

李濤說：「傅華，究竟怎麼回事？你先給我說清楚。」

傅華只好講了跟秦屯之間發生的事情，李濤聽完，說道：「秦屯這不是胡鬧嗎？這哪像一個副市長幹的事情。傅華，你別管他，這種人不值得跟他計較。」

傅華說：「我不是想跟秦副市長計較，可李市長你想沒想過，秦屯爲什麼敢叫出來要撤我的職，又是誰給了他這種底氣？」

李濤倒抽了一口涼氣，馬上就明白了這背後隱藏著什麼，秦屯去北京很可能是去跑官的，而秦屯之所以有這種底氣，是因爲他早就和市委書記孫永走在一起了，他認爲孫永一定會支持他。

傅華見李濤不說話，知道他也意識到了問題的嚴重，便笑笑說：「所以您還是放我離開吧，我再待下去，還不知道人家會動我什麼腦筋呢。」

李濤想了想：「不行，駐京辦這個地方十分重要，你不能就這麼撂挑子，最少也要等我們找到新的駐京辦主任接任之後才行。」

傅華笑了，說：「還需要找嗎？人家劉芳都跳出來指責我了，看來人選早就選定了。李市長，我去意已決，你還是早點做出安排吧。」

李濤說：「胡說，那個劉芳算什麼東西。我不相信孫書記就這麼不負責任，敢把駐京辦交到那個女人手裏。不管怎麼樣，我要求你堅持到新的駐京辦主任產生爲止。」

傅華說：「好吧，那我就再等幾天吧。辭職信我會寄回市政府，希望市裏早點做出安排。」

李濤說：「你先別想這麼多，我希望你在市裏還沒做出決定的這段時間恪盡職守，別讓某些人有機可乘。」

傅華說：「這您放心，只要我做一天駐京辦主任，就會盡一天職責的。」

傅華放下電話之後，就寫了一封辭職信，寄回海川。秦屯離開北京的時候，也沒跟駐京辦打招呼，傅華知道有劉芳可以給他安排，也不去管他。

傅華把辭職的情況在電話裏跟趙凱和章旻通報了，趙凱聽了沒說什麼，只是讓傅華晚上去家裏一趟。

章旻聽完有點急了，說道：「我通知你曲煒調走，是讓你做好應對後續情況的準備，你怎麼會辭職了呢？」

傅華說：「我有我的苦衷。」

章旻說：「可是海川大廈這個案子，我們是衝著你才跟海川駐京辦合作的，你現在撤手不管，讓我們怎麼辦？」

傅華愣了一下：「這一點我倒沒考慮。」

章旻苦笑了一下：「喂，這多少也是幾千萬的項目，你不能就這麼輕易撂挑子，你負點兒責任好不好？」

傅華說：「真是抱歉，我是有點魯莽了。」

章旻說：「這不是抱歉就可以解決的問題，你能不能收回辭職的決定？」

傅華說：「不可能，辭職信我已經寄出去了。」

章旻說：「我被你害死了，看來回頭要跟趙董商量一下，海川大廈在你離開之後要如何應對。」

傅華說：「真是不好意思，沒想到會給你造成這麼大的困擾。」

章旻說：「算了，也不是你的問題，誰會想到形勢會這麼變化。」

晚上，在趙凱的書房裏，趙凱看著傅華問：「怎麼想起了要辭職，是爲了跟曲煒共進退嗎？」

傅華搖了搖頭：「有這方面的因素，但不是全部。我這個駐京辦主任是需要跟領導高度配合的，換了領導的話，如果配合不好，彼此都會很彆扭。」

趙凱笑笑說：「那是有人已經給你找過彆扭了？」

傅華笑道：「叔叔您如果改行去做算命，肯定會聲名大噪。」

趙凱說：「我只是猜度你是一個很負責任的人，若不是受了某些人的氣，才不會做出辭職這種激烈行爲呢。好吧，你辭了也不錯，下一步有什麼打算？」

傅華說：「我還沒想過。」

趙凱說：「過來幫我吧。」

傅華說：「您讓我考慮一下好嗎？」

趙凱說：「好吧。我不急，你考慮一下吧。」

傅華說：「對了，叔叔，我辭職了，你對海川大廈是怎麼考慮的？」

趙凱笑笑說：「怎麼，對海川大廈還這麼關心啊？這件事情章旻給我通過電話了，我們考慮聯手將海川駐京辦趕出局，你看行嗎？」

海川駐京辦雖然在海川大廈項目中是大股東，可它持有的股份只有百分之四十，趙凱和章旻兩家公司持股百分之六十，達到了持股比例的三分之二；如果這兩家公司聯手，肯定是能將海川駐京辦趕出局的。尤其是對這兩家公司來說，錢並不是問題，滿可以出資買下駐京辦的股份。

這種結果也是傅華事先沒想到的，這原本是他費盡心血爲海川駐京辦建的項目，沒想到這麼輕易就被毀掉。傅華心裏很不忍：「就沒有別的辦法了嗎？」

「原本這個海川大廈不是因爲你，我和章旻是不會參與的，你不在，我們和海川市就沒有了合作的意義。其他辦法倒不是沒有，那就是我們兩家退股，由海川駐京辦自己來建，可是他們能這麼做嗎？」

傅華搖了搖頭：「我當時請批資金是費了好大勁才拿到兩千萬，這個辦法海川市是不會接受的。」

趙凱說：「捨不得你的海川大廈？」

傅華笑笑：「這項目從無到有，費了我許多心血，是有點捨不得。」

趙凱說：「既然你對它有感情，回頭我跟章旻說，讓你來當海川大廈的董事長好了。」

傅華笑了，他覺得即使當了董事長，那個性質也不同了，再說，離開就要離開的徹底一點，便說：「算了吧，我對酒店經營並不是十分感興趣。」

辭職信到了海川市政府，李濤拿著信找到了市委書記孫永，對孫永說：「孫書記，傅華要辭職。」

孫永愣了一下，雖然傅華是曲煒的人，可他並沒有想過在曲煒走後將傅華也趕走的意思，相反，他覺得傅華是一個可用的人才，曲煒走了，傅華沒了依靠，正是收編他爲己用的好時機，便詫異地問：「幹得好好的，辭什麼職啊？」

李濤將辭職信遞了過去：「您看看吧，這是他的辭職信，態度很堅決。」

孫永將信拿過去看了看，不過是一些不適合擔任駐京辦主任之類的套話，便將信扔在了桌上，看著李濤問：「總有原因吧，你沒問問傅華究竟是爲了什麼？」

李濤說：「我問了，好像是跟秦屯副市長有些關係，他們在北京發生了一點衝突。」

孫永說：「什麼，秦屯？駐京辦又不是他管的，他去招惹傅華幹什麼？」

李濤就講了秦屯跟傅華衝突的經過。孫永聽完，半天沒表態，他覺得秦屯是做得過分了，可是秦屯畢竟是政治盟友，他不想在李濤面前批評秦屯。

李濤看孫永沒表態，越發認爲秦屯背後是有孫永的支持，雖然他很爲傅華抱不平，可是他只是一個代理市長，從各方面來看，他都不能公開跟孫永叫板，尤其是他能不能轉正還要看孫永的臉色，他不能因爲傅華而失去孫永的支持。

看來也只好犧牲傅華了。

李濤說：「孫書記，您對傅華的辭職是什麼態度，准還是不准？」

孫永只是聽李濤講事情爭執的經過，還不知道秦屯是個怎麼說法，不知道傅華究竟做了什麼才會讓秦屯發這麼大的火。他並不想失去傅華這個人才，可是如果傅華的做法危及了自己在海川的地位，那就算他就是一個天才，也是需要處理掉的。

孫永決定慎重處理這件事情：「傅華的辭職先不要急著處理，回頭我問問情況再來決定。」

李濤沒再說什麼，離開了孫永的辦公室。

孫永給秦屯打了電話，讓他到自己的辦公室裏來。不一會兒，秦屯就趕了過來，一進門就諂媚地笑著問道：「孫書記，您找我有事？」

孫永將傅華的辭職信扔給了秦屯：「你看看吧。」

秦屯看到是傅華的辭職信，心想，這傢伙動作倒挺快，也罷，他辭職了更好，還省得我動手了。

孫永面無表情地看著秦屯，問道：「究竟怎麼回事？」

秦屯說：「從北京回來這兩天我太忙，還沒來得及跟你說呢，這個傅華實在太不像話，竟然當面頂撞我，對我的接待工作也做的很差，用這樣的人駐在北京，丟我們海川的臉，我原本就打算回來跟您商量一下，撤換掉他。」

孫永笑了：「你說要撤換掉他，說明你心裏已經有合適的接替人選了，說說我聽聽，你想換上誰？」

秦屯以爲孫永真的要聽取他對駐京辦主任人選的意見，便做出一副一本正經的樣子，說：「劉芳同志能力強，在北京的交際面廣，接待工作也做得很好，應該可以接下駐京辦主任這個位置。」

孫永沒想到秦屯會提出劉芳這個人選，劉芳是秦屯相好這件事在海川市人所共知，愣了一下，隨即冷冷地說：「你倒是舉賢不避親啊？」

秦屯這才聽出孫永的話不對勁，連忙說：「孫書記如果覺得劉芳不行，林東同志也很合適。」

孫永火了，罵道：「放屁，劉芳和林東如果能行，駐京辦在林東手裏那麼長時間都沒起色又是爲什麼？劉芳是你的相好，這在海川誰不知道，秦屯，你是不是以爲你已經是海川市市長了？」

在孫永心中，秦屯只是一個可以隨意驅使的奴才，並沒有什麼分量，因此張口就罵了出來。

秦屯沒想到孫永會發這麼大火，愣了一下，他心中對孫永是心存畏懼的，雖然孫永罵得不堪，他卻不敢計較，趕緊解釋說：「我現在還不是，不過我這次去北京，就找了一個朋友，他跟我說，保我做海川市市長。」

孫永被搞得哭笑不得，他沒想到秦屯會這麼愚笨，他笑著問：「你找的是誰啊？」

秦屯說：「一位許先生，他說跟某某是世交，他答應我，會讓某某幫我給程書記說說，一定讓我當上市長。」

孫永笑了：「你是不是傻瓜啊，你要找程書記，還去得罪傅華？你忘了傅華領著鄭老回來的時候，程書記都要專程跑來海川見鄭老，你認爲鄭老如果幫傅華在程書記面前說句話，還有你的好果子吃嗎？」

秦屯呆住了，某某那裏對他來說還不一定會成爲事實，鄭老這裏卻實實在在是存在的，就算某某真的幫自己說了好話，可程書記會不會聽還是個問題，鄭老卻是程書記的老領導，他如果講自己一句壞話，怕是程書記一定不會對自己有什麼好印象。

秦屯的冷汗冒了出來，他看著孫永說：「我怎麼忘記這個了。」

孫永說：「我叫你托人找找關係，確保你能當上市長，你放著正事不幹，去招惹傅華幹什麼？我看你是被劉芳迷昏了頭了。」

秦屯說：「我是在托關係，那天就是請許先生的客，才跟傅華鬧翻了。」

孫永看著秦屯：「你沒這個請客的錢嗎？爲什麼一定要把傅華拉進去？再說，你這個許先生究竟是什麼人啊？有你說的那麼神通廣大嗎？」

秦屯聽孫永問起許先生，頓時眉飛色舞起來：「孫書記，你是沒見過那位許先生，那可不是一個普通的人物，你沒看那個排場，行走都跟著兩名保鏢，吃飯的時候，那兩名保鏢站在後面，就跟門神一樣。」

孫永冷笑：「我怎麼聽著像黑社會的老大啊，他是做什麼的？誰介紹你認識的？」

秦屯說：「他是做原油生意的，是我一個商界的朋友介紹我認識的，我那個朋友說這人很厲害，在原油最緊張的時候，他都有辦法搞到，至於來歷，許先生從來不講，顯得很神秘，可是提及他的朋友，一個個都是背景深厚的。」

孫永聽了說：「我怎麼覺得這個人有點不靠譜啊？」

秦屯說：「你放心啦，許先生一定能行的。」

孫永說：「能行你就盡力去爭取吧，這個先且不談，我們說說傅華吧，我想把他留下來，希望你不要再去招惹他了。」

秦屯不滿地說：「可是這傢伙當著面頂撞我，把他留下來，豈不是讓我很沒面子？」

孫永冷笑了一聲：「你那是自找的。」

秦屯看了孫永一眼，他並不敢直接對抗孫永，心說，好吧，我暫且先放過傅華這個小子，等我坐上了市長寶座，再來收拾他也不晚。

孫永似乎看透了秦屯心中想的是什麼，接著說道：「我警告你啊，如果被我知道你私下找傅華的麻煩，別說我不客氣。」

秦屯說：「好啦，我不惹他就是了。」

秦屯離開了，孫永心中暗罵秦屯，難怪曲煒看不起他，這傢伙除了會玩女人之外，一點別的本事都沒有，真是爛泥扶不上牆，現在鬧這麼一齣出來，還需要自己給他擦屁股。

孫永開始琢磨如何安撫傅華，有兩方面原因讓孫永覺得必須讓傅華留下來：一來，傅華掌握著鄭老這個人脈，即使不能利用他讓鄭老爲自己在程遠面前說好話，起碼也不要讓鄭老對自己產生惡感，如果一句壞評從鄭老那裏傳到程遠耳朵裏，那對自己的影響會是十分大的。如果傅華被從駐京辦趕走，鄭老是一定會知道的，那樣的話，鄭老對自己的觀感如何就很難說了；二是，傅華在招商方面是個人才，融宏集團、百合集團這些大財團都是傅華拉來的，自己如果還想往上走，沒有政績支持是不行的，傅華在這方面是能對自己有很大的幫助作用的。

孫永正在想著如何能留下傅華，馮舜敲門進來了，說：「孫書記，王妍打電話來找您，接不接？」

孫永猜王妍又是爲海濱大道拿地的事情找自己，心中未免有些厭煩，可是剛剛利用王妍整走了曲煒，倒不好顯得太過於疏遠，就說：「我接。」

孫永接過電話：「王老闆，找我有什麼事情嗎？」

王妍笑笑說：「也沒什麼，想問一下孫書記，什麼時候有時間過來酒店一下。」

「有什麼事情嗎？」

「是這樣，有一位朋友想跟孫書記見個面，談一談。」

孫永問：「誰啊？有什麼事情嗎？」

「您認識的，事情不方便在電話上講，您什麼時間能過來一趟？」

孫永心想，我認識的，電話上還不方便講，難道是吳雯？對，一定是吳雯，她大概見到自己現在一手掌控海川市，後悔那天不該拒絕自己了吧？呵呵，我就知道你逃不過我的手掌心。

孫永便笑笑說：「你去安排吧，晚上我過去。」

「好的，我們等您啊，孫書記。」就掛了電話。

孫永心裏癢癢的，真是心想事成啊，剛剛整走了曲煒，現在吳雯又來投懷送抱，自己最近的運氣真是太好了。

孫永心情愉快，很快想好了安撫傅華的方法，他打了電話給李濤：「傅華我認爲還是應該挽留，他是個人才，流失了對我們海川是一大損失。」

李濤說：「我也是這麼認爲的。我馬上打電話給傅華，把孫書記的意思跟他說一下。」

孫永說：「這個電話還是由我親自打吧。另外，我覺得劉芳不適合再待在駐京辦了，這個女同志有些不知檢點，留在駐京辦讓傅華同志很難開展工作，你們市政府是不是考慮將她調回去？」

孫永感覺如果一定要安撫住傅華，那就要想辦法給傅華出口氣，不過處理秦屯似乎不太合適，但是處理一下秦屯這個相好倒是可以起到一定的作用。

李濤說：「好的，我讓市政府研究一下，看給劉芳同志安排什麼工作比較好。」

孫永說：「不要留在市政府裏面，對秦屯同志的工作會有影響，看看安排到下面哪個縣裏去吧。」

李濤說：「好的。」

第八章

一舉兩得

比對傅華的人品更讓孫永欣賞的，是這厚厚紙包裹的鈔票，
再說，對余波的安排也會讓曲煒陣營的人馬感到安心，
連曲煒的秘書自己都做了安排，對其他人自然不會進行打壓。
這樣一舉兩得的事情做一下也挺好的。

傅華在辦公室裏接到了孫永打來的電話。

孫永一開口就說道：「傅華同志，李濤同志把情況都跟我彙報了，你受委屈了。」

雖然傅華清楚孫永的爲人，心中還是爲這一句「你受委屈了」而感動。

孫永接著說道：「不過，我也要批評你這個同志啊，你也太過於衝動了，上面還沒有對這件事情有所表態，你就馬上寄來了辭職信，你就認爲組織一定會站在秦屯同志一邊？」

傅華說：「不是啦，我確實不適合駐京辦主任這個職務。」

孫永笑了：「好啦，你不用解釋什麼，我理解你的心情，你跟了曲煒同志多年，他調離海川，你的心情難免會受影響，加上秦屯同志又鬧了這麼一齣，你會認爲受到了排擠。我跟你說，你這麼想可是錯誤的。我處事向來不去考慮誰跟誰是一派的，今天我已經當面嚴肅批評了秦屯同志，他也向市委承認了錯誤。同時對於劉芳同志，我跟李濤同志交換了意見，我們都認爲她不適合再留在駐京辦工作了，決定將她調離。這麼處理你還滿意嗎？」

傅華沒想到孫永會這麼說，他滿肚子對秦屯的不滿頓時沒有了發洩的目標，連忙說道：「孫書記，我尊重上面的處理意見。」

孫永說：「你不用說場面話，你就說我處置的是否公道？」

這時候傅華沒辦法再做其他回答，並且，他也挑不出孫永的毛病，只好說：「公道。」

孫永說：「既然公道，那你可以收回辭職信了嗎？」

傅華被說得不好意思了：「孫書記，謝謝您爲我這麼費心，我決定不辭職了。」

傅華之所以收回辭職的決定，除了被孫永所打動，更多的是因爲他聽到趙凱和章旻有可能聯手將海川駐京辦擠出海川大廈這個項目，他不想看到自己運作了那麼久的心血被毀之一旦。

孫永說：「這才對嘛，今後如果受了什麼委屈，可以直接向我反映，不要再這麼衝動了。」

傅華說：「我知道了，孫書記。」

孫永說：「那就這樣吧。」說完掛了電話。

傅華掛了電話，坐在那裏呆了半晌，這段時間發生了太多的事情，他要好好理順一下自己的思路。

到這一刻，傅華才意識到他其實是不捨得離開駐京辦的，他已經把駐京辦當成了自己的一項事業，他這段時間想的和做的，都是要把駐京辦如何經營好，駐京辦已經融入了他的血液之中了。

傅華抓起電話，打給了趙凱，說道：「叔叔，我的辭職沒被通過，我被海川市慰留了下來。」

趙凱笑了，說：「我看是你不捨得離開才對。好吧，你既然要留下，我們就一切照舊吧。章旻那兒你要趕緊跟他說一聲，別讓他改變了原來的計畫了。」

傅華說：「好的，我馬上就打電話給他。」

章旻聽傅華要留下，笑了笑說：「你這傢伙，搞什麼鬼啊，一會兒要走一會兒要留的，幸好我沒採取進一步的行動。」

傅華笑笑說：「沒辦法，市委書記孫永非要讓我留下來，我卻不過，只好留下來了。」

章旻笑笑說：「你留下來我就好辦多了，我也不想放棄在海川的佈局，畢竟開展了很多工作。」

當晚，孫永也沒帶秘書，興沖沖來到了海益酒店，找到了王妍的辦公室，一進門就笑著問：「是誰要見我啊？」

「孫書記，您來了。」余波從沙發上站了起來。

孫永愣了一下，心裏未免有些失望，說：「是你要見我啊？」

余波陪笑著說：「是我，我是想向您問一下，曲市長調走了，市裡對我今後的工作有什麼安排？」

曲煒調走的很匆忙，沒來得及對身邊的工作人員作出相應的安排，余波一下子失去了服務的上司，也就沒有了相應的靠山，在市政府的日子便過得有些悽惶，他自然不甘心就這麼過下去，於是找到王妍，想要王妍幫他活動活動孫永，好給他重新安排一個好位置。

孫永看了看余波，笑著說：「小余，你先別急，你的工作問題，市裏會有所安排的。」

余波笑笑說：「孫書記，我雖然是曲煒市長的秘書，可是對您向來很尊重，還希望您看在這一點上……」

孫永心中有些厭煩，原本傅華做曲煒秘書的時候，曲煒跟自己還能相安無事，可換到余波來做這個秘書，曲煒跟自己就開始有了一些衝突，他內心中覺得，余波在其中一定起了不好的作用。

孫永打斷了余波的話，說：「好啦，我知道你的想法了，你放心吧，組織上會認真考慮的。」

余波看了看王妍，示意王妍幫自己說幾句話。王妍笑了笑說：「孫書記，小余這人不錯的，您就幫他費點心吧。」

孫永有些不耐地說：「我說了，我知道了，你叫我來就是爲了這件事情嗎？」

王妍點了點頭，說：「對啊。孫書記您還沒吃飯吧，今天就在這裏吃飯吧。」

孫永見根本就沒吳雯什麼事，心中便沒有了留下來的意思，說：「行了，小余的事情我記下了，我還有別的事情，就不留下來吃飯了。」

王妍看了看孫永，說：「孫書記，現在正是吃飯的時間，您還是吃了飯再走吧？」

「不了，不了。」說著，孫永就往外走。

王妍說：「小余啊，你送送孫書記。」

余波就跟著孫永往外走，孫永也沒說什麼，快步出了海益酒店。

等在外面的司機見狀，把車開了過來，余波搶前一步，幫孫永開了車門，等孫永上了車，他將一個厚厚的紙包放在了孫永身旁，說：「孫書記，這是我的一點心意。」

孫永沒說什麼，余波就將車門關上了，車子啓動，離開了海益酒店。

孫永暗暗摸了一下紙包的厚度，估計最少也有五萬塊錢的樣子，心裏冷笑了一聲，心說這小子見風轉舵的速度還真快。越發瞧不起余波這個人了，雖然他希望自己的下屬都向自己靠攏，可是像余波這樣從另一個陣營叛變過來的人，是很不可靠的。

孫永相信一點，今天余波可以背叛曲煒，明天他也可以背叛自己。他欣賞像傅華那樣不卑不亢，保持一種超然態度的人，這種人對權勢並不迷戀，因此也就不會爲了權勢去出賣什麼。

但比對傅華的人品更讓孫永欣賞的，是這厚厚紙包裹的鈔票，看在鈔票的份上，孫永覺得還是應該對余波作出適當的安排，再說，對余波的安排也會讓曲煒陣營的人馬感到安心，連曲煒的秘書自己都做了安排，對其他人自然不會進行打壓。這樣一舉兩得的事情做一下也挺好的。

不過，王妍對吳雯的事情隻字未提，讓孫永十分困惑，難道吳雯因爲那天的事情打了退堂鼓了？如果吳雯真的退卻了，自己還真的拿她沒辦法。

有時候越是得不到的，越是讓人想要得到。孫永有些遺憾的嘆了口氣。

余波送走了孫永，轉身回到王妍的辦公室。

王妍看著他，問道：「孫書記收下你的禮物了嗎？」

余波點了點頭，「收下了。」

王妍笑笑說：「他收下就好了，你就放心的等著吧。」

余波說：「唉！也不知道要等到什麼時候。」

王妍說：「你別急嘛，我想孫書記一定會儘快辦理的。」

余波苦笑了一下，說：「你不明白，喪家犬不好當，我現在真後悔不該讓你找孫書記辦吳雯的事情，否則我也不會到今天的境地。」

以前余波是曲煒的秘書，是市長身邊的人，別人見了他，都是很親熱的打招呼，現在曲煒被調走了，他就像染上了瘟疫一樣，別人見了他都躲著走，生怕被誤會成是曲煒的人馬。人就是這麼功利。

王妍冷笑一聲，說：「從曲煒逼我拿掉孩子的那一天起，我跟他之間早晚必有一戰，沒有你，我也一樣會找到孫書記的，這個你倒不必往身上攬。」

余波乾笑了一下，說：「好好，不關我的事就是了。對了，吳雯的事情你辦得怎麼樣了，別讓她再來找我就不好了。」

王妍說：「這件事情我還沒考慮好要怎麼去做，曲煒這不剛走嘛，我怕現在找孫永，他會說市政府的班子還沒定下來，事情不好辦。」

余波說：「你還是趕緊找他吧，趁著你剛剛幫了他大忙，他還不好意思拒絕你。」

王妍說：「那回頭我找個機會跟他說說。」

余波又說：「你可別空手去啊，最好也像我這樣帶點像樣的禮物給他。」

王妍說：「我也是這麼考慮的，你覺得我帶多少合適？」

余波說：「這可不是一件小事，最少也得二三十萬吧？你拿了吳雯一百萬，應該多少吐出一點，別忘了事成了還有五百萬呢。」

王妍說：「好吧，我知道怎麼做了。」

劉芳從駐京辦調回了海川，被打發到海川市下面偏遠的雲山縣去任職了。她可能早就從秦屯那裏得到了孫永出面維護傅華的消息，對這一結果並不意外，灰溜溜的離開了駐京辦。

林東少了跟他朋比爲奸的人，心裏更加發虛，幸好他也沒有公開跟傅華衝突，於是變得對傅華更加恭敬了起來。傅華把這一切都看在眼裏，他知道林東本來就沒什麼本事，現在又勢單力孤，也就懶得去跟他計較了。

程遠將孫永找了去，就接替曲煒的人選徵求他的意見。

孫永是很希望讓秦屯接任市長的，秦屯聽話，如果當了市長，孫永就能完全掌控住海川市，李濤這個人雖然近期也有向自己靠攏的跡象，可他原來跟曲煒走得很近，個人能力也很強，讓他接任市長，怕是會像曲煒一樣不好對付。

孫永說：「我個人認爲，現在的常務副市長李濤雖然能力還可以，可是年紀有些大了，身體也不好，如果他來做市長，從我們市經濟穩定發展的大局來看，不太適合。」

程遠點了點頭說：「我也覺得李濤的年紀大了些，怕是難以擔負起海川市市長的重任。」

孫永說：「我覺得秦屯同志年富力強，又很有戰略眼光，倒是一個不錯的人選。」

程遠不置可否的笑笑說：「你們市的其他同志呢？」

副書記張林很年輕，很有野心，孫永怕將他擺到市長位置上，會是自己一個強有力的競爭對手，這也是需要否決掉的。孫永說：「張林同志是搞黨務出身，沒搞過經濟，怕是不能一上來就擔此重任。其他的人就更不合適了。」

程遠想了想，說：「海川市是我們東海省的經濟重鎮之一，選這個市長，省委要再三掂量才行，如果選錯人，怕是會影響海川的經濟發展大局。你的意見省委會認真考慮，你先回去吧。」

程遠沒有明確表態，孫永也不敢追問，看程遠的神態似乎一時難以決斷，看來秦屯也不是完全沒有希望接任市長，但也沒十分的把握，秦屯得要自己加把勁才行，他已經沒有繼續爲秦屯爭取的可能，便告辭離開了。

孫永回到海川，就把秦屯叫了過去，把程遠要自己推薦市長人選的情況說了，然後看著秦屯說：「我能幫你做的，都已經做了，當不當得上市長就要靠你自己了，你不是說那個許先生很行嗎，那就趕緊找他加把勁，確保能將市長拿下。」

秦屯連忙說：「那真是太謝謝您了，孫書記，我回頭馬上就去找許先生。」

孫永總覺得這個許先生有些不靠譜，可是目前似乎也找不到更有力的人士，就又交代了一下秦屯要抓緊，便讓秦屯離開了。

這時馮舜敲門進來，說王妍想要請孫永晚上去海益酒店吃飯。

孫永問：「你沒問她有什麼事嗎？」

馮舜說：「她說是關於海雯置業的事情。」

孫永心中暗喜，看來吳雯還沒放棄這個項目啊，好吧，你既然不肯放棄，我就慢慢調理你吧。

晚上，孫永讓司機將他送到了海益酒店，王妍領他到雅座坐下。

孫永沒見到吳雯，便問道：「怎麼，海雯置業那邊沒來人嗎？」

王妍笑笑說：「是我約孫書記您來的。您看現在曲煒被調走了，沒有人再來阻撓，原來您答應我要幫海雯置業拿地的事，是不是可以了？」

孫永沒見到吳雯，就想借機逼吳雯出來跟自己溝通，便說道：「這個嘛，王老闆，事情不是你想得那麼簡單的。」

王妍笑著將一個塞得滿滿的袋子推到了孫永面前，說：「我知道事情不會那麼簡單，不過，我也相信孫書記有辦法令事情簡單下來，是吧？」

孫永笑了，心說美人暫且得不到，那就先拿錢也好，現在海川市完全在自己掌控之中，幫王妍拿下這塊地應該不成問題，再說，如果把項目啓動起來，吳雯怕有求於人的事情更多，那時再來抓住她也不遲，便說道：

「王老闆，你真是太客氣了，你放心，這件事情包在我身上了。」

王妍也笑了，有了海川市第一把手的承諾，她似乎看到吳雯的那五百萬在向自己招手呢。

第二天，孫永把李濤叫了過來，說：

「老李，有件事情我要跟你商量一下，有個開發商看好了濱海大道中段那個地塊，向我詢問我們能不能將它拿出來開發。這個開發商很有實力，我很想將他留在海川發展，你看能不能把這塊地放給他？」

李濤是知道濱海大道中段這塊地的，曲煒沒被調走之前，一直堅持不肯將這塊地放出來，說要給海川市的老百姓留下這塊優美的風景。李濤也很贊同曲煒的觀點，他認爲海川可開發的地段很多，實在沒必要非要將這塊風水寶地浪費掉。所以有很多開發商找他遊說要拿這塊地，都被他拒絕了。現在孫永出面要幫人拿這塊地，如果答應下來，濱海大道中段就會多出一塊突兀的建築，那可是要被老百姓指著鼻子罵的。

李濤可不想背這個罵名，便說道：「孫書記，那塊地段景色優美，歷屆海川市政府

都有一個共識，要把這塊風景保留下來，這塊地是不能拿出來開發的。」

李濤說「海川市歷屆政府」，是不想提到曲煒，從而激怒孫永。

孫永愣了一下，他沒想到李濤竟然敢直接拒絕自己，他看了看李濤，心說這傢伙爲什麼改變了迎合自己的態度了呢？難道他知道自己在程遠面前否決了他接任市長的可能性？

孫永知道目下的官場是沒有什麼可保得住的秘密的，可能自己前腳剛從程遠那裏離開，馬上就有人將他在程遠面前說過什麼話傳給當事人。李濤知道了程遠跟自己的談話內容，便明白想要自己推薦他做市長是不可能的，因而故意難爲自己了。

孫永不想失去主動權，畢竟自己還是海川市的市委書記，便冷笑了一聲，說：「別說什麼歷屆政府了，你就說曲煒不同意就是了。」

李濤見孫永把話挑明了，索性大家攤開了也好，便說：

「是，曲煒市長是不贊同開發那裏，這一點上，我跟曲市長觀點一致，我也不想爲了一點微薄的經濟利益而擔上罵名。海川沿海的地塊很多，如果你那位客商真心要留在海川發展，他可選擇的餘地很大。」

孫永說：「可他就是看好了濱海大道那裏了，你說怎麼辦？」

李濤說：「我也只能很遺憾的拒絕他了。」

孫永說：「老李，你別忘了你只是一個代理市長。」

李濤說：「我就是代理一天市長，也要盡我一天的責任。」

孫永越發堅定的相信，李濤肯定是知道了自己沒推薦他接任市長，所以才會堅決反對自己，便說道：「那好，我們就等新市長到任那天再來談這件事情吧。」

兩人不歡而散。

鄭老打來電話，張口就說：「傅華啊，你這傢伙是不是言而無信啊？」

傅華笑著問：「怎麼了鄭老，我答應你什麼卻沒做嗎？」

鄭老說：「你答應我要帶趙婷來我家做客的，怎麼還不來啊？我說給我家老婆子聽了，老婆子急著看你找了一個什麼樣的女朋友呢。」

傅華笑了，說：「好的，好的，我馬上約她。」

鄭老說：「你別馬上了，中午帶她來吃午飯。」

傅華想想趙婷今天也沒什麼安排，就說：「好的。」

臨近中午，傅華和趙婷買了禮物到了鄭老家，老太太見了趙婷也很是喜歡，拉著趙婷的手直誇趙婷漂亮，反倒讓趙婷十分不好意思，臉蛋泛紅，一副乖巧的樣子。

眾人說說笑笑，不覺就到了吃飯時間，保姆來說飯菜都已經做好了，鄭老看看時

問，說：「小莉也該回來了。」

趙婷愣了一下，看了傅華一眼，傅華心說你看我幹什麼，我也不知道鄭莉今天要回來。

傅華笑笑說：「鄭莉中午回來吃飯啊？」

老太太說：「是啊，小傅，她回來吃飯。實際上，我們是有事想要跟你落實一下。」

傅華說：「您要落實什麼事情啊？」

老太太說：「上次我們回去，不是說要回去給華姐修墳嗎，我們商量了一下，現在我們兩個老人行走都需要人照顧，自然不行，家裏的人，現在只有小莉能走得開，因此就想讓她回去幫我們修一下墳，所以把小傅你找來問一下海川的情況，我們也好事先做些準備。」

如果這是在趙婷那次在鄭莉的服裝店發脾氣之前，傅華一定馬上就會應承說自己可以陪同鄭莉回去，但是現在這個情形，傅華不能不有所顧忌，他怕趙婷因此而生氣，便說道：「鄭莉什麼時間要回去啊？我可以讓市裏面事先做好準備工作的。」

鄭老搖了搖頭說：「小傅，我們找你來問問情況，就是不想驚動地方，你如果要這麼做，那還不如我直接打電話給程遠呢。」

傅華笑著勸說道：「鄭老，我知道您向來清廉，不想給地方上添麻煩，可是章華女士也是黨國功臣，地方上盡些力也是應該的。」

鄭老說：「你不用說了，既然知道我的個性，你就說說海川那邊的情況就好了。」

趙婷笑笑說：「鄭爺爺，你就這樣讓鄭莉姐一個女孩子回去辦這樣的事情，也不方便啊。」

鄭老說：「小莉在社會上已經闖蕩了多年，這麼點事情應該能辦得好的。」

趙婷說：「不行的，回去又要雇工人又要買材料的，哪是一個女孩子做的事情。」

老太太說：「小趙啊，你不用爲她擔心了，我們鄭家的女孩子沒那麼嬌貴。」

趙婷說：「總是不安全，要不您二老看這樣，讓傅華陪鄭莉姐回去如何？」

這下換到傅華發愣了，他看了看趙婷，正要說些什麼，恰在此時，鄭莉一腳踏了進來，笑著說：「傅華、趙婷你們來了？」

傅華點了點頭。趙婷說：「鄭莉姐，我們來了一會兒了，正跟爺爺奶奶說起你呢。」

鄭莉笑著說：「你們說我什麼壞話呢？」

老太太笑道：「你這丫頭，我們能說你什麼壞話，我正問小傅你要去海川的情況，小趙說不放心你，說讓傅華陪你回去。」

鄭莉笑了笑，說：「那怎麼可以啊，傅華還要工作的。」

趙婷說：「沒事的，讓他請幾天假不就得了，是吧，傅華？」

傅華笑笑說：「我倒是可以請幾天假。」

鄭莉推辭說：「那怎麼好意思麻煩。」

趙婷說：「怎麼是麻煩呢，爺爺奶奶對傅華這麼好，他跑跑腿幫點忙是應該的。」

傅華也說：「對啊，我也該幫忙的。」

鄭老說：「小傅啊，要不你就跑一趟吧，說實話，鄭莉一個女孩子回去我也不放心。」

鄭莉說：「爺爺，您孫女都這麼大了，什麼場面沒見識過，您怕什麼啊？您這不是讓傅華瞎忙活嗎？」

趙婷笑著說：「鄭莉姐，既然爺爺都這麼說了，你就答應了吧。」

鄭莉看了看傅華，說：「真是怕了你們了。」

鄭老說：「那就這麼定了，吃飯了吃飯了，我都餓了。」

吃完飯，傅華送趙婷回家，一路上偷偷觀察趙婷的神色，他搞不清楚趙婷突然這麼大方的讓他陪鄭莉回海川，葫蘆裏究竟賣的什麼藥。

趙婷神色間倒是毫無異常，讓傅華越是摸不著頭腦。

到了趙婷家，傅華停下車，問道：「趙婷，要不到時你跟我一起回海川吧？」

趙婷笑說：「怎麼了，怕我不放心你啊？」

「沒有啦，我是想你還沒跟我去過海川，不如這次一起去吧。」

「傻瓜，你以爲你在想什麼我不知道啊？你放心啦，我不會再吃你和鄭莉的醋了。我如果要跟你去海川，我會要你全心全意陪我去，才不想你爲別人分心呢。」

傅華笑了笑，說：「那我去了，就儘快回來。」

趙婷笑著說：「你總要把人家的事情辦好吧，好啦，我沒事的，你該怎麼辦就怎麼辦就行了。」

傅華這才不說什麼了，目送著趙婷上了樓才離開。

晚上，趙凱回家吃飯，看到趙婷悶悶不樂的坐在飯桌前，也不怎麼吃飯，便問：「怎麼了，傅華惹你生氣了？」

趙婷強笑了一下，說：「沒什麼啦。」

「不對啊，你的臉上分明寫著有事，跟爸爸說說，又是爲了什麼啊？」

「傅華要跟鄭莉回海川，去給一位烈士修墳。」

「你不放心他們？這個傅華也是，這種事情換誰不能去做？他爲什麼非要去呢？」

「不關他的事，是我要他去的，他還想讓我跟他一起回去，我沒答應。」

趙凱困惑了，問道：「爲什麼？小婷啊，我怎麼看不明白你在想什麼。」

趙婷說：「我就是給他們機會相處，想試試傅華心中真正喜歡的是誰，我不想留一個心裏在想著別人、三心二意的男人在身邊。如果他真正喜歡的是鄭莉，那我就放手。」

趙凱笑了，說：「小婷啊，學會耍心機啦，這可不是你的風格啊。」

趙婷苦笑了一下，說：「有人說戀愛讓女人變傻，我倒覺得戀愛能讓一個女人變得成熟起來。」

趙凱搖了搖頭說：「你這麼做是不對的，你如果真的愛傅華，就要相信他，試來試去只會讓他對你反感。」

趙婷說：「我只是當時突然冒出這個想法，也不知道中了什麼邪了。」

趙凱笑笑說：「看你現在的樣子，是不是已經開始後悔了？」

趙婷看著趙凱，問道：「爸，你說傅華會不會真的要鄭莉，不要我啊？」

趙凱伸出手愛憐地摸了摸趙婷的腦袋，說：「你還是這麼對自己沒信心？」

趙婷說：「我在這個鄭莉面前就是無法自信起來，她的家世、她的才華都比我強，我唯一勝過她的就是比她年輕，可是傅華會不會認爲我更幼稚啊？」

趙凱笑了，說：「你這樣患得患失可不行啊。我跟你說，什麼家世、什麼才華，甚至於漂亮、年紀，這些都是無關緊要的，最主要的一點，就是傅華真正喜歡的是誰，這一點我可以幫你打包票，他喜歡的一定是你。」

趙婷眼睛亮了，說：「爸爸，你真的這麼認為嗎？」

趙凱笑著說：「當然是真的了，你就把心放到肚子裏面去吧。你跟傅華相處也這麼長時間了，你看他認準的事情什麼時候輕易改變過？他既然對他的親朋好友公開介紹你是他女朋友，那他就是認準你了，不會改變的。」

趙婷臉上有了笑容，說：「這倒是真的，傅華這個人確實有點倔，認準什麼打死也不變，臭脾氣。」

趙凱取笑說：「臭脾氣你還喜歡他？」

趙婷耍賴地說：「你管我。」

趙凱說：「我不管你，可是你可以好好吃飯了嗎？」

「沒問題。」就歡快地吃起飯來。

吃著吃著，趙婷又停了下來，說：「早知道就該答應傅華，跟他一起去海川了，這會兒我又要有幾天見不到他了。要不然回頭我再跟他說我要去海川？」

趙凱搖了搖頭，心想你對傅華迷戀成這樣，還想什麼放棄不放棄。看來自己要多注意一下傅華，別讓這傢伙真的辜負了小婷。

趙凱說：「好了，你現在再去說要去，傅華會覺得你不相信他，反而尷尬。既然已經大方了，就索性大方到底吧。」

趙婷嘴嘟了起來，說：「也只好這樣了。」

第二天，傅華外出辦事，路過鄭莉的服裝店，就撥了一個電話問鄭莉是否在店裏。鄭莉說：「我在，幹什麼？」

傅華說：「我正好路過這裏，想跟你商量一下行程。」

鄭莉說：「你還真打算跟我一起去啊？」

傅華說：「是，我已經答應鄭老了，再說，我也怕你一個人回去不方便。」

鄭莉說：「你過來吧。」

傅華停好了車，走進了鄭莉的店裏，鄭莉正在陪一個三十多歲的美艷少婦試衣服，見到傅華就說：「你先坐一下，我一會兒就好。」

少婦看了看傅華，問鄭莉：「你朋友？」

鄭莉笑著說：「是，我們算是同鄉。」

少婦說：「誒，那豈不是跟我家老董是同鄉，老董老家也是你們東海省的。」

鄭莉笑說：「你先別老董老董叫得這麼親熱好不好，等他真正成了你家裏的再叫。」

少婦嘿嘿的笑了笑說：「那是早晚的事，今天我買衣服，就是爲了跟老董去見他的父母的。咦，你朋友挺帥的嘛，你還沒介紹他給我認識呢。」

鄭莉說：「好了，我介紹就是了。這是傅華，海川駐京辦的主任。」

傅華衝著少婦點了點頭，說：「你好。」

少婦伸手出來，說：「我叫徐筠，是鄭莉的好姐妹。」

傅華跟徐筠握了握手，說：「你們忙吧，我先過去坐著等。」

傅華就去沙發那兒坐了下來。

徐筠向鄭莉眨了眨眼，輕聲說：「這個男的不錯，你可要把握機會啊。」

鄭莉笑笑說：「你知道什麼啊，人家有女朋友的。好了，趕緊試你的衣服吧。」

徐筠試了半天，最後買了兩套衣服，跟傅華打了個招呼就離開了。

鄭莉這才坐到傅華身邊，笑著說：「不好意思，讓你久等了，女人買衣服是很麻煩的。」

傅華笑笑說：「沒什麼，這女人是你的姐妹？我怎麼感覺她比你大不少。」

鄭莉說：「我們小時候都住在一個大院，她比我大了些，前段時間離了婚，現在剛找了一個男朋友，可緊張了。」

能跟鄭莉住一個大院，說明這女人也是出身不低，難怪看上去一副什麼都不在乎的樣子。

「我聽她說她男朋友也是我們東海省的？東海哪裡啊？」

鄭莉笑笑說：「你打聽這麼多幹什麼？是不是拉關係拉上癮了，職業病啊，老董是東海省的不假，可是並不是海川人，再說，他是做律師的，不會對你們駐京辦有什麼幫助的。」

「好了，好了，我不問就是了。說吧，你打算怎麼走，坐飛機還是坐火車？」

「飛機吧。哎，傅華，你不覺得你女朋友這一次有些奇怪嗎？」

傅華笑笑說：「奇怪什麼？她這個人相處久了你就會瞭解了，她是一個心地很好的人，我覺得你們應該可以成為好朋友的。」

鄭莉不置可否的笑了笑，就把話題轉向了出發日程的安排上，不再提及趙婷了。

第九章

當局者迷

曲煒說：

「當局者迷，旁觀者清，秦屯是當局者，他沒能力看透海川這一盤棋局。孫永倒是應該能看透這一點，可惜他妄想一手掌控海川政局，推一個聽話卻沒用的秦屯出來當市長，最終會自食其果的。」

兩天後，傅華特地請了假，跟鄭莉一起飛回了海川。

一路上，兩人雖然是單獨相處，傅華卻因爲這次出行是趙婷安排的，總感覺趙婷就在身邊一樣，反而沒有當初他們相處得那麼自在，顯得十分拘束。

兩人找到了章華的墓，就在附近找了幾名泥水匠，問了一些村裏老人，按照舊有的規矩將章華的墓修整了一番，給章華樹了墓碑。碑立好之後，傅華陪著鄭莉在墳前祭奠了一番，兩人這才離開。

回到海川市裏，傅華問鄭莉在海川還有什麼事情要做，鄭莉想了想，說：「我很想去你上次帶我去的海邊，你能再帶我去嗎？」

傅華笑笑說：「可以啊。」

兩人便又來到上次去過的海邊。鄭莉笑笑說：「看了這裏的大海，就會覺得北京什刹海的可笑，明明就是一彎水，偏要叫什麼海，真是可笑。」

傅華淡淡笑道：「不過是一個名字而已。」

眼前的傅華讓鄭莉感到了一種疏離，一種拘束，一種很遙遠的感覺，絲毫沒有當初剛認識他時的靈動和自然，苦笑了一下，說：

「傅華，我覺得趙婷沒有我們想得那麼簡單。」

傅華笑說：「怎麼突然這麼說？」

鄭莉說：「你看雖然她不在面前，可我總覺得她就在附近一樣，你的一舉一動都在說你要跟我保持一定的距離，不能惹趙婷生氣。」

傅華笑笑說：「不會吧？」

鄭莉火了，叫道：「什麼不會，你就是這個樣子。」

傅華苦笑了一下，說：「對不起啊，我是覺得趙婷既然讓我單獨跟你回海川，這是一種信任，我不能辜負她。」

鄭莉嘆了一口氣，說：「這大概就是趙婷高明之處吧？我總覺得她之所以放手讓你陪我回海川，是想要給我們一個單獨相處的機會，讓我們理順一下彼此的關係。」

傅華笑了，說：「不會吧，你把趙婷想得太複雜啦，她是一個很簡單的人，再說我們是朋友，這關係還需要理順嗎？」

鄭莉看著傅華的眼睛，苦笑著說：「傅華，你是不是真的笨啊？趙婷都早就看出我喜歡你，你還沒看出來？」

傅華忙把眼神躲閃開了，他心底是有鄭莉的影子的，不過他已經選擇了趙婷，自是不能再三心二意，便說：「我有什麼好被你喜歡的，你別開玩笑了。」

鄭莉說：「你看著我，躲什麼，心虛了？是不是你心中喜歡的是我？」

傅華不再躲閃，看著鄭莉說：「對不起，我是對你有好感，可是你也知道我的選擇了。」

「爲什麼，趙婷哪點比我好了？就爲了她當時傾盡全力來救你嗎？傅華，我也可以爲你不顧一切的，我想我能動用的關係和財富肯定比趙婷強，爲什麼你當時不來找我？」

傅華正色地說：「你和趙婷所擁有的，實際上都是我可能拼盡一生之力都難以企及的，你們對我來說是可望而不可及的。我這個人，實話說沒太大的野心，也不想因爲婚姻去改變什麼，所以，如果不是我發生了被騙那件事情，我和趙婷之間也不會有今天的發展。那件事情讓我感覺到，這世界上除了我母親，還有一個女人肯爲我不顧一切，我怎麼可以辜負她？」

鄭莉嘆了口氣，老天並沒有給她一個可以爲傅華不顧一切的機會，她在這個時候已經不能改變什麼了，她不說話了。

傅華苦笑著說：「我有時在想，這一切是不是有天意在，河流是前進著的道路，它把人帶到他們想去的地方。」

「河流是前進的道路，它把人帶到他們想去的地方。」這是帕斯卡《隨想錄》中的一句名言，當初他們就是談福柯、談帕斯卡而惺惺相惜的，此刻在鄭莉聽來卻分外的刺耳，一樣的帕斯卡，卻是不一樣的情境了。

鄭莉挑破了那層窗戶紙，讓兩人的關係更加尷尬了，原本兩人的回程機票訂的是第二天返回北京，傅華當晚卻改了時間，他給趙婷的解釋是，他想去省城齊州見見調任的曲煒，實際上，他是很難面對鄭莉，也不想讓趙婷去機場接他的時候見到鄭莉，那時倆人之間的尷尬就會呈現在趙婷面前，雖然真的沒發生什麼，可是卻一定會讓人誤會發生了什麼。

第二天，傅華送鄭莉去機場，一路上兩人都沉默著，直到鄭莉要去登機了，傅華伸出了手，說：「一路保重。」

鄭莉淒然一笑，握住了傅華的手，這是自己心儀男子的手，兩人是第一次身體上有真正意義的接觸，卻是彼此都明白今生已經錯過的一次握手，她想要緊緊抓住傅華的手，卻分明沒了理由，只能輕輕一點就放開了。

鄭莉的手很柔軟、沁涼，傅華心裏有一種隱隱的疼，其實在內心深處，他更欣賞的是鄭莉，可是人生就是這樣，雖然兩個人都在對的時刻遇到了對方，老天卻不因爲他們都在做正確的事情而給他們在一起的機會，他們有緣卻是無分。

河流就是前進著的道路，它把人帶到他們想去的地方。只是這個想去的地方可能是老天想的，而不是行走著的人。

在省政府，傅華找到了曲煒的辦公室。

曲煒見到傅華，站起來迎了過來，笑著跟傅華握手，說：「什麼時間從北京回來的？」

傅華說：「回來有幾天了，陪朋友辦點事情，就想順便過來看看您，您在這裏還習慣嗎？」

曲煒笑著說：「習不習慣，工作還是要做的。」

傅華從曲煒臉上看出了幾分落寞，從一個執掌一方的市長，變成了一個服務領導的副秘書長，這裏面的落差，怕是他一時半會兒也難以適應的。

「你好啊，傅主任。」這時，從曲煒辦公桌對面站起來一個男人，男人四十多歲，粗粗壯壯，笑著跟傅華打招呼。

傅華一進門看到的是這個男人的背影，原本沒怎麼注意，此時男人站了起來，他這才認出這個男人是海川「山祥礦業公司」的董事長伍弈，便笑著說：

「原來是伍董啊，這麼巧在這碰到你。」

伍奕笑說：「我來省城辦事，順道來看看曲市長新的辦公室。」

三人到沙發那裏坐下，曲煒看著傅華說：「我聽說你前段時間提出辭呈了？」

傅華笑笑，說：「鬧了一點小情緒，最後被孫書記否決了。」

傅華見伍奕在場，便不好多說什麼，一提而過。

伍奕看著傅華，道：「傅主任，我聽說天和房地產公司得以順利上市，你在其中功不可沒啊。」

傅華笑笑說：「我哪有那麼大的本事，是誰在伍董面前瞎說八道的？」

伍奕笑了，說：「傅主任你別謙虛了，我兒子伍權跟丁江的兒子丁益是朋友，丁益喝酒的時候，把你幫他們運作的情況早說出來了，還說他就是服你，你一出馬，什麼事情都能做得順順當當。」

傅華心裏彆扭了一下，這丁益四處瞎說什麼啊，什麼人面前都可以兜底嗎？也不看看這伍奕是什麼人物。

伍奕在海川地面上算是一個很有名氣的人物，他把持著海川最大的一個銅礦「山祥銅礦」，有人說他可以算是海川首富，但卻沒有十分準確的數字來證實這一點。傅華跟伍奕之間也就是認識，見了面點點頭而已，並無深交。

伍奕的發達多少有些傳奇色彩，若干年前，他還是一個開著破車給山祥銅礦拉礦石的一個小人物，只是他為人豪爽，頭腦聰明，行事作風大膽。那時候，山祥銅礦還是國營企業，經營規模不大，尚能維持。但隨著國家經濟形勢的變化，山祥銅礦經營越來越困難，反倒是伍奕這原本不起眼的小人物財富日漸累積，最後竟然吞併了難以為繼的山祥銅礦。

這時候，伍奕的經營才幹得到了淋漓盡致的發揮，幾年之間，他將一個頻臨倒閉的銅礦，擴展成了一個規模很大的礦業集團，演繹出了一段從窮司機到海川首富的財富神話。

但與丁江父子不同的是，伍奕創造財富的過程充滿了爭議，他遊走於黑白兩道，據說因為伍奕心狠手辣，在黑道上甚至有「伍爺」的稱號，對此傅華自然有所風聞，因此對伍奕敬而遠之。

傅華笑笑，掩飾說：「你別聽丁益喝醉了胡說，實際上，天和公司能夠上市完全是丁江丁董運作的，我們駐京辦只是幫他跑了跑腿。可能丁益不想露了他家老爺子的底，就把事情都說到我的頭上了。」

伍奕笑著搖了搖頭，說：「想不到傅主任還這麼幽默，你這套說法說給三歲小孩子聽，他也不會信的。」

傅華心知瞞不過伍奕這種聰明人，但他還是不願招惹伍奕，便笑著說：

「伍董不信我也沒辦法了，有些時候，偏偏真話說出來沒人相信。好啦，別光談我了，我可是來看曲市長的，伍董別把眼光都盯在我身上啊。」

曲煒笑了，說：「我這個副秘書長也沒什麼好談的，到吃飯時間了，兩位來看我，我很高興，賞個光讓我請請兩位吧？」

伍奕卻說：「這頓飯不能讓您請，我請，一來慶祝您到省城上任，二來也爲傅主任從北京回來接風。」

傅華笑笑說：「給我接風就算了，我明天就回北京了。」

伍奕說：「那就算是送行。」

傅華見伍奕的注意力完全集中在自己身上，心說難道這傢伙有什麼事情想要自己辦嗎？還是少招惹他爲妙，便想找理由推辭不去。

曲煒似乎看出了傅華的爲難，說：「這頓飯還是我請吧，畢竟兩位都是衝著我來的，讓伍董請客多不好。你們放心，我請你們吃頓飯的能力還有。」

伍奕還想爭辯，傅華便說：「伍董，曲市長既然這麼說了，你還是給他一個面子吧。不然我也不好去叨擾，只有離開了。」

伍奕見傅華有意離開，便不再堅持，說：「好啦，那我就跟傅主任一起叨擾曲市長一頓了。」

三人下了樓，伍奕說：「坐我的車去吧。」

曲煒說：「好吧，坐坐伍董的好車。」

伍奕的車是一輛粗線條的悍馬，這倒很符合他礦場老闆的身分。到了齊州大酒店，伍奕從車上拿了兩瓶三十年陳釀茅臺，笑說：「我車上正好帶的，這可是我托人從茅臺酒廠拿的，絕對正宗。」

曲煒不好再拒絕，只好說：「那我們就跟伍董沾光了。」

三人隨便點了一點菜，伍奕和傅華接連敬了曲煒幾杯，無非是祝賀他上任、工作順利之類的話。接下來，伍奕便把目標對準了傅華，非要敬傅華。

傅華本來是來看曲煒的，卻遇到這麼一位平素就不喜歡打交道的傢伙，心煩的要命，不過大家都是海川地面上有頭有臉的人物，低頭不見抬頭見，也不好太不給伍奕面子，只能說：「伍董敬我不敢當，我們互敬吧。」

伍奕說：「好。」便跟傅華碰了一下杯子，一口將杯中酒乾了。

傅華無奈，也只好將杯中酒乾掉了。

伍奕哈哈大笑，說：「沒想到傅主任喝酒這麼爽快，再一杯。」

傅華笑說：「我的酒量有限，少倒一點吧。」

伍奕笑著說：「傅主任你這就不對了，我們既然是互敬，一杯是不行的，所謂一杯不成敬意嘛。」

傅華哭笑不得，又拗不過伍奕，就又被勸著乾了一杯。

伍奕向傅華點了點頭，說：「傅主任酒量很行啊，回頭我到北京去找你喝酒去。」

傅華不能說你別來了，只好說：「吃菜，吃菜，我可要先吃點菜了，這兩杯酒喝得我的胃直翻騰呢。」就著夾菜，將這個話題含糊了過去。

喝完酒，伍奕急著趕回海川，就將曲煒和傅華送到了省政府，開車離開了，臨去，他還沒忘記拍拍傅華的肩膀，說：「傅主任，我們北京見了。」

傅華見還是沒逃過這個話題，只好笑笑說：「北京見。」

伍奕的車走遠了，曲煒看著傅華，笑著說：「你躲不開他的，這傢伙怕是要讓你幫他辦什麼事情吧。」

傅華無奈說：「我猜著也是。」

曲煒說：「這傢伙極爲精明，他要求你辦什麼事，一定會纏上你的，你還是做好應對的心理準備吧。跟我上去坐一會兒吧。」

傅華就跟著曲煒去了他的辦公室，坐定之後，曲煒說：「我聽說你辭職，是因爲跟秦屯發生了衝突？」

傅華點了點頭，說：「有這方面的原因，另一方面也是因爲您的調離。」

曲煒笑笑說：「那爲什麼留下來？不會真的因爲孫永的慰留吧？」

傅華搖了搖頭，說：「我原本去意已決，可是聽到通匯集團和章旻打算將海川大廈這個項目吃下來，將海川駐京辦趕出局，我有點不忍心就這麼親手將我努力爭取來的項目毀掉，恰好孫永來慰留我，我就順勢留下來了。」

曲煒說：「我覺得你辭職這件事情做得有些不妥當，有些衝動，今後你周圍的環境還會發生變化，難道每變化一次，你就撂挑子不幹了？跟秦屯發生直接衝突也不對，他總是你的上級，你那麼當著客人的面讓他下不來台，你讓他如何自處？你啊，還是少些磨練，不夠成熟，什麼時候能做到處變不驚就好了。」

傅華笑笑說：「我當時是氣秦屯故意想爲難我，事後想想，就算我不付那筆錢，也可以私下找一個婉轉的藉口跟他說明一下。」

曲煒說：「你能檢討一下自己是對的，我跟你說，就我個人來說，我是不喜歡一個故意讓領導下不來台的下屬的，這是大忌，你以後要謹記。」

傅華說：「您的話我記住了。對了，我感覺秦屯這次進京是爲了活動他當市長的，您覺得他有沒有可能真的當上這個市長？」

曲煒看了傅華一眼，笑問：「怎麼，現在害怕他當上市長了？」

傅華說：「我怕他幹什麼，大不了我再辭職。」

曲煒搖了搖頭，說：「你又來了。我跟你說，一位真正能幹的官員是不會因爲上級的變動就被撼動的，關鍵在於他自身行得正，自身正，別人就不能拿他怎麼樣。」

說到這裏，曲煒有些不好意思的摸了摸腦袋，說：「其實我也是說得好聽，我自己都沒做到這一點。」

傅華說：「我是知道您的家庭情況的，王妍的事情換了誰都難免。您跟我這麼說，是不是秦屯真的有可能當上市長？」

曲煒說：「很難說，有人說孫永向程遠書記推薦的接任人選是秦屯。不過就我的判斷，秦屯這一次應該是沒有機會的。」

傅華說：「爲什麼？」

曲煒分析說：「孫永忽略了一個重要的問題，那就是秦屯也有私生活作風問題，你想東海省委怎麼可能剛撤掉一個生活作風有問題的人，又換上一個私生活也有問題的秦屯？」

傅華心裏暗暗鬆了一口氣，如果秦屯真的當了市長，他這個駐京辦主任還真是很尷尬，便說：「對呀，孫永這一次是有點失策了。那您覺得誰將會接任市長？」

曲煒說：「原本李濤這個人是有機會的，他爲人正直、有才幹，很適合接任，如果孫永力薦，省裏不一定不會同意。可是我聽說孫永在程遠書記面前說他年紀大了，不適合，程遠書記也有同感，就被否決掉了。其實以李濤的年紀，滿可以再幹一屆的。張林資歷尙淺，也沒有從事財經工作的經驗，眼下也不太適合。所以根據我的判斷，這個市長很可能會從外面調過來。」

傅華笑笑說：「我猜秦屯還在家做著美夢，等著當市長呢。」

曲煒說：「當局者迷，旁觀者清，秦屯是當局者，而且他也沒能力看透海川這一盤棋局。孫永倒是應該能看透這一點，可惜他私心自用，妄想一手掌控海川政局，推一個聽話卻沒用的秦屯出來當市長，眼睛被蒙上了，最終會自食其果的。」

傅華說得沒錯，秦屯是在做著當市長的美夢呢，不過傅華沒說對的一點是，他沒在家裏，就在傅華和曲煒討論海川政局的時候，秦屯到北京找到了許先生，想探問許先生跟那個某某說的怎樣了。

許先生聽完秦屯的來意，笑笑說：「哦，不好意思啊秦副市長，我還沒騰出時間跟某某說這件事情。」

秦屯急了，叫道：「許先生，你怎麼還不去找他啊？時間可是不等人的，再拖下去，可能市長就成了別人了。」

許先生咂巴了一下嘴，似乎很爲難的樣子，說：「你不明白的，你不明白的。」

秦屯看著許先生，問道：「我不明白什麼?許先生，你有話明說。」

「是這樣的。我上次去見某某，他無意間說起他很喜歡琉璃廠一家古董店裏的一對乾隆青花瓷瓶，我想他既然提起，我就幫他買下送給他吧，就訂下了這對瓷瓶。原本想拿著這對瓷瓶去讓他高興高興，但不湊巧的是，下了訂之後，我突然發生一件急事，用掉了一大筆錢，暫時拿不出錢來去將瓷瓶拿回來。不好意思秦副市長，你稍等幾天，我的資金很快就能周轉過來，那時候我拿了瓷瓶，馬上就去見某某，我想他見了瓷瓶一定很高興，一定能幫你把這個市長拿下的。」

秦屯心說等你資金周轉過來，我的市長早就飛了，就說道：「嗨，許先生，你這人怎麼這樣，缺錢你跟我說嘛，你看耽誤這個時間。說吧，缺多少錢？」

許先生說：「這不好吧？是我要幫他買的，怎麼能讓你出錢呢？」

秦屯說：「我們沒必要分得這麼清楚，你趕緊說究竟缺多少？」

許先生看著秦屯說：「那對瓷瓶講好了六十萬。」

許先生注意到了秦屯面有難色，知道讓他一下拿出六十萬怕有困難，就接著說：「我手頭連訂金有三十萬，所以還缺三十萬。」

秦屯說：「好，我馬上讓人匯三十萬到你的戶頭，你趕緊把乾隆瓷瓶拿回來，早一點去找某某，時間可是不等人的。」

許先生笑著說：「只要三十萬到了，我馬上幫你去說，放心吧，市長一定是你的。」隨即秦屯就將三十萬匯到了許先生賬上。

過了兩天，秦屯接到了許先生的電話，說他已經找過某某了，某某批評他不該攬事，這種事情怎麼能隨便答應人家啊，是他一再幫秦屯說好話，最後某某磨不過面子，當著他的面給程遠書記打了電話。程遠書記接到某某的電話很高興，已經答應了下來。最後，許先生讓秦屯等著聽好消息。

秦屯聽了十分高興，一連聲的感謝許先生，許諾真的當上市長一定會厚謝。他放下了心頭的一塊大石，安心的等著成爲市長那一天的到來。

首都機場。

傅華走出來的時候，趙婷衝到了他的面前，就撲進了他的懷裏，緊緊地抱住了他。

傅華有點不習慣這麼強烈的表達，在趙婷耳邊輕聲說：「傻瓜，我才離開幾天啊。」

趙婷說：「我不管。」

傅華說：「大家都在看我們呢。」

趙婷說：「他們喜歡看就讓他們看好了。」

傅華輕輕親了趙婷臉頰一下，說：「好了乖了。」趙婷這才戀戀不捨地鬆開了傅華。

傅華牽著趙婷的手往外走，一邊看著趙婷的臉蛋，笑著問：「怎麼了，我走這幾天發生什麼事了嗎？」

趙婷臉紅了一下，說：「沒有，是因爲你不在我身邊，我才意識到我有多麼想念你。」

其實過去的幾天，趙婷過得是十分煎熬的，雖然趙凱不斷地寬慰她，可是她心中還是很不踏實，即使傅華天天跟她通電話，跟她彙報在海川的情況，她還是常常會莫名的焦躁，這是一種只有身處其中才能體會出來的情緒，難以言說。

在車上，趙婷靜靜地只是看著傅華，傅華信手打開了收音機，一陣悠揚的歌聲傳了出來：

我想告訴你　一個愛的故事
故事裏有他　和他愛的女人
男人常常說　幸虧一切有我
冬天來臨時　往他的懷裏躲
躲呀躲呀　躲不過我的感動
想呀想呀　想著幸福是什麼

從此以後　放棄自由
從此以後　彼此擁有
從此以後　不再難過
一枚戒指　在我小手
厚厚的你　瘦瘦的我
一起牽手　直到永久

傅華聽著聽著，心中有所觸動，是不是到了應該爲趙婷的小手套上戒指的時候了？

他感覺趙婷今天的反常，很可能跟自己這次陪鄭莉回海川有關，難道這丫頭真的是像鄭莉所說的在試探自己嗎？

且不論是真是假，他可以看得出，這一刻她的全副心思都在自己身上，他從她的身上看到了溫馨，看到了關懷，他想他應該是找到了自己停泊的港灣了。

傅華伸手捉住了趙婷的小手，送到嘴邊輕輕吻了一下，然後看著趙婷說：「你願意跟我一起牽手，直到永久嗎？」

趙婷愣了一下，旋即連連點頭，說：「我願意。」

傅華幸福的笑了，緊緊地握了一下趙婷，就專心開車了。

收音機裏女人還在唱著，趙婷眼睛一直看著傅華，心中充滿了幸福的感覺，好半天才從迷怔中醒了過來，問道：「傅華，你剛才這是跟我求婚嗎？」

傅華笑了笑，說：「你才反應過來啊，呵呵，可不准悔婚啊。」

趙婷伸手狠狠扭了傅華一把，說：「你這傢伙，趁人家十分想你的時候，什麼都沒有就來求婚，真是差勁。」

傅華笑著說：「那你想要什麼？」

趙婷委屈地說：「玫瑰啊，戒指啊，下跪啊，你再三來求我我才答應啊，這才是我想的求婚的樣子，哪能像你這麼敷衍。」

傅華笑著說：「要做到這些還不簡單。」

恰好正路過一家花店，傅華就停下車，在老板的指點下買了十一支玫瑰，老板說這代表一心一意，一生一世。

買了花，傅華又開著車直接去了東方廣場，在東方廣場的一家珠寶店裏，給趙婷選了一枚鑽戒，便拿著鮮花帶著戒指，拉著趙婷跑到了東方廣場的噴泉那裏，單膝跪了下來，一手舉著鮮花，一手拿著戒指，對趙婷說：

「趙婷，你願意嫁給我嗎？」

趙婷接過鮮花，笑得合不攏嘴，連連點頭說：「我願意。」

傅華笑了，說：「喂，你這就不對了嘛，你要等我再三央求才能答應的。」

趙婷用花束輕輕敲了一下傅華的頭，說：「又來取笑我。」

傅華溫柔的把戒指套上了趙婷的手上，趙婷把他拉了起來，兩人也不顧圍上來看熱鬧的人，深深地吻在了一起。

晚上，趙凱回到家中，看到傅華拉著趙婷的手坐在客廳裏，他並沒有注意到趙婷的臉紅紅的，只是看到傅華站了起來，便笑著說：「回來了，傅華。」

傅華笑著點了點頭，說：「是的，叔叔。」

趙凱示意傅華坐下來，趙婷的媽媽這時也來到了客廳。

傅華笑著說：「叔叔，有件事情我想跟你說一下，我向趙婷求婚了，她也答應嫁給我了，我們希望能得到您和阿姨的祝福。」

趙凱愣了一下，這才注意到女兒臉紅紅的，嬌羞的靠在傅華身邊，一副幸福的小女人神態，心裏又是高興又是失落，在他心中，女兒一直是那個繞膝承歡的小女孩，突然今天一個男人來跟自己說，他要將女兒從自己身邊帶走，心裏頓時空了一大塊。

趙婷的媽媽捅了趙凱一下，說：「你在想什麼呢，孩子們還等著你的祝福呢。」

趙凱笑了一下，說：「我只是突然想到小婷長大了。」

趙婷頑皮的笑笑說：「我再大，也是爸爸的女兒啊。」

趙凱愛惜的撫摸了趙婷的頭髮，說：「你以後就不僅僅是我的女兒了，你還是人家的妻子。」

趙婷的媽媽笑著說：「老趙啊，傅華還看著你哪。」

趙凱這才看著傅華說：「傅華，我和你阿姨祝福你們，趙婷這孩子還小，你可要照顧好她，不准欺負她啊。」

傅華笑著說：「您放心，我一定會給小婷幸福的。」

趙婷的媽媽說：「那你們打算什麼時候舉辦婚禮啊？」

傅華還沒想過這個問題，他看了看趙婷，說：「我和小婷還沒商量過這個問題。」

趙凱說：「這件事可不能馬虎了，買房子、裝修、擇吉日，一大堆的事情呢。傅華，我知道你家裏父母都不在了，這件事情就由我們這一方操辦吧。」

傅華笑笑說：「好的，全聽叔叔安排。」

於是傅華和趙婷的婚事就開始籌備起來，看房子，挑婚紗，一切都在進行中。

齊州，東海省委書記程遠的辦公室。

程遠看著省長郭奎，笑著說：「老郭啊，海川市的市長懸空已經有些日子了，不知道你對人選是怎麼考慮的？」

郭奎笑笑說：「程書記可有看好的人選？」

程遠搖了搖頭，說：「孫永推薦了秦屯，我覺得這個秦屯不靠譜。」

郭奎說：「孫永竟然推薦了秦屯這傢伙？嗨，他是想用一個聽話的傀儡吧？」

程遠笑著說：「我看也是。」

郭奎說：「海川市是我們東海省經濟發展較好的城市之一，這個市長可不是隨便什麼人就可以當的。現有班子中，我覺得李濤的水準還行。」

程遠說：「李濤年紀大了，頂多幹一屆，這不利於海川市經濟的持續發展。我們還是把目光放到全省吧，看看其他地方有沒有適合的人選。」

郭奎想了想，說：「你看楊城市的市長徐正怎麼樣？這傢伙去了楊城幾年，把地方弄得有聲有色，很有能力。」

楊城市是東海省一個內陸城市，並不沿海，沒有優越的水陸交通環境，經濟相對來說就有些落後。徐正擔任楊城市市長這幾年，因地制宜，在楊城市大力發展特色種植，並大搞農作物的深加工，讓原本落後的楊城市經濟大有起色。

程遠笑著說：「對啊，我怎麼沒想起他來呢，這傢伙倒是一個很合適的人選。只是這徐正也是個個性強硬的人物，怕是孫永不會高興了。」

郭奎說：「海川市就是需要一個強硬務實的人來當這個市長，不然頂不起來。原本曲煒若是不搞那些花花事是最合適的，現在融宏集團即將展開二期投資，曲煒不是海川市的市長了，還不知道陳徹是怎麼個想法呢。我聽說不少省分見我們將融宏集團拉了來，眼紅得很，紛紛去廣州拜訪，想將融宏集團的後續投資拉到他們那裏去，這個時候我們如果不能拿出一個讓陳徹信得過的人物來，怕是就失去了這個機會了。」

程遠點了點頭，說：「你這個想法我很贊同，好吧，就儘快安排徐正去海川吧。」

難續前緣

想到了曲煒，王妍更是百感交集，
氣頭上的時候，她恨不得置曲煒於死地，
可是回過頭靜下心來來想一想，她又想到了曲煒對自己的好。
可是她明白，曲煒跟她已是陌路，今生今世怕再也難續前緣了。

省裏突然傳來消息，說楊城市市長徐正即將出任海川市市委副書記、代市長，讓還在做市長美夢的秦屯頓時傻了眼，自己可是花了大錢想要爭取這個位置的，怎麼省委突然要任命別人了呢？會不會搞錯了？

秦屯連忙打電話給許先生，許先生聽了，也遲疑了一下，說：「不會吧？我是看著某某當著我的面給省委書記程遠打電話的，程遠當時答應得好好的。」

秦屯急躁的說：「怎麼不會，這個消息是省委一個很可靠的朋友透露給我的。許先生，你再讓某某幫我落實一下，看看究竟是怎麼一回事。」

許先生說：「好好，你先不要急啊，我打電話落實一下。」說完掛了電話。

秦屯在辦公室坐立不安的等了半天，許先生的電話打了回來，說：

「秦副市長，不好意思啊，我剛剛查證了一下，你得到的消息是真的。這次事發突然，原本程遠是安排你接任市長的，可是後來事情有了變故，有一個背景比某某更深厚的人士出面跟程遠打了招呼，非要程遠安排徐正接海川市長，程遠沒辦法對抗，權衡之下只好把你換了下來。這件事情，程遠前天打過電話跟某某作了解釋，只是某某工作太忙，還沒來得及跟我說。真是抱歉啊，沒有讓你得償所願。」

秦屯心裏一陣慌亂，消息真的得到了證實，讓他大失所望，自己花了錢還沒得到位置，這是怎麼說的，難道這筆錢白花了？他著急地說：「那，那……」

秦屯實在是太著急了，那了半天，也沒那出個什麼來。

許先生卻不怎麼緊張，他實際上早有準備，笑笑說：「秦副市長，你是不是想把錢要回去啊？」

秦屯說：「許先生，我總不能白花了三十多萬吧？你總要給我一個交代啊。」

許先生笑笑說：「對，對，錢是不能白讓你花的，應該退還給你。只是我現在手頭資金有點緊，那對乾隆瓷瓶現在在某某那裏，你看是不是這樣，等我回頭將那對瓷瓶從某某那裡要回來，想辦法處理了再退錢給你，你看行嗎？」

許先生一來就答應退錢，秦屯反而猶豫了，許先生曾經說過，那對乾隆瓷瓶是某某的愛物，自己如果真的將它要回來，那就是奪其所愛，某某即使不明說，心裏也是不痛快的，說不定反而會記恨自己，那樣對自己是更不利的。還是吃點虧算了，反正這三十多萬也是別人送給自己的。

秦屯嘆了口氣，三十多萬不是個小數目，對他這個財迷來說，比割了他的肉還令人心疼，可是這個虧又不能不吃，只好忍痛說：「還是算了吧，那本來是我送給某某的一份心意，既然送出去了，哪裡還有再收回來的道理。」

許先生心說你還真是上道，你以爲我真的要退給你啊？不過還是需要安撫一下這個傻瓜，便說：「你也別太失望了，某某說這件事情是他沒安排好，他不會就這麼算了的，一定會想辦法給你適當的補償的。所以他還是會幫你的，只是怕要等一下了。」

秦屯心中又燃起了新的希望，趕忙說：「好的，好的，那我就先等著了，你替我謝謝他，也幫我多美言幾句。」

許先生說：「好的，我會把你的意思帶給某某的。」

不久，東海省正式公佈了對徐正的任命，他成了海川市市委副書記、代市長。為了表示對這次任命的重視，程遠親自送徐正到海川市上任。

孫永雖然滿面笑容的對徐正到海川工作表示歡迎，心裏卻暗自叫苦不迭。他早就認識徐正，這是一個比曲煒還年輕、還有野心的人，對徐正在楊城市雷厲風行的做事風格更是早有耳聞，這來的只能是一個對手，而不可能是一個合作者。

前門剛送走了狼，後門又迎來了一隻老虎，孫永心中不免有些沮喪，暗罵秦屯這個王八蛋，自己把這麼好的機會放到了他的面前，他都抓不住，早知道還不如支持李濤接任市長，起碼孫永感覺他還能掌控李濤，而這個徐正看上去就很彪悍，要如何掌控他，孫永心裏一點底都沒有。

程遠在歡迎會上講了話，強調了省委對海川市各項工作的重視，也表揚了海川市過去的工作成績，要求徐正要像在楊城市那樣，挑起海川市經濟發展的重擔，讓海川市的經濟在現有成績的基礎上，再上一個臺階。同時，程遠也要求以孫永爲核心的海川市領導班子搞好團結，全力配合好徐正的工作。

孫永和徐正各自表了態，無非是一定會團結好同志，努力搞好工作之類的。

程遠中午吃完午飯，就趕回了省城。孫永和市裡的領導將徐正送到了他的辦公室，寒暄了幾句，就各自離開了。

李濤也準備隨著眾人一起離開，徐正在背後叫住了他。

李濤問說：「徐市長，有什麼指示嗎？」

徐正笑笑說：「老李啊，我能有什麼指示，坐坐，我們談談。」說著，將李濤讓到了沙發上坐下，然後笑笑說：「老李啊，我要跟你說聲抱歉，我這一來，等於是占了你的位置啊。」

徐正也是久經官場歷練的，當然明白能夠從副市長轉正爲市長，對一個像李濤這種年紀的幹部來說是多麼重要，李濤失去了這次機會，可能就意味著他這輩子再也沒機會成爲海川市的市長了。

「不過，這是上面安排，說實話，我接到這個任命也覺得很突然。」徐正看著李濤，接著說道。

李濤心裏自然也有些失落，可是徐正來做這個市長，他還是能夠接受的，徐正年富力強，有能力，這可比那個什麼秦屯強太多。

李濤笑了笑說：「上面這麼安排自有上面的考慮，我個人沒什麼意見。徐市長，你放心，我會積極配合你的工作的。」

徐正笑笑說：「對對，我想我們的目標是一致的，都是想搞好海川的經濟。」

李濤說：「徐市長跟我想到一塊去了。」

徐正說：「關於這一點，我來海川之前，郭省長在跟我談話的時候，專門提到融宏集團，要我特別注意，一定要把他們的後續投資留在海川市，這個工作我們可要及早抓起來。你能不能跟我談談這個項目的細節？」

李濤說：「徐市長，你真是急性子，剛上任你馬上就要開始工作了。」

徐正笑著說：「這是早晚要做的事情，能早就不要晚了。」

李濤說：「關於融宏集團，當初是曲煒市長親自抓的，他最瞭解情況。再是融宏集團是駐京辦主任傅華拉來的，他也算是一個比較瞭解情況的人。」

徐正說：「這個傅華我在楊城市就聽說過，據說很能幹。」

李濤說：「要不要把他叫回來，讓他跟你彙報一下有關融宏集團的案子？」

徐正說：「先等一下吧，我先熟悉一下海川的情況再跟他談比較好。」

孫永回到了辦公室，馮舜就進來說：「王妍打電話來，讓你什麼時間給她去個電話。」

孫永煩躁地擺了擺了手，說：「好啦，我知道。」

馮舜出去了，孫永從椅子上站了起來，在房間裏踱起步來，他心中知道王妍找他什麼事，可這件事情現在有些麻煩了。

原本孫永以爲自己推薦了秦屯，再加上秦屯自己找人活動一下，秦屯就能順利接任海川市的市長，到時候他想讓秦屯幹什麼都可以，所以就拿了王妍送來的錢，沒想到竟然是徐正出任了海川市的市長。

現在要怎麼辦呢，把錢退回去？這進了嘴的肥肉再吐出來的滋味可不好受；可是不退回去，自己拿什麼跟王妍交代啊？

但又不能躲著不見王妍，想了想，孫永抓起了電話，撥給了王妍。

王妍接通了，笑著問道：「孫書記，不知道那件事情有眉目了嗎？」

孫永笑笑說：「你不要急嘛，這不新市長剛剛過來，還需要熟悉情況，很多事情不得不暫時停下來，你再等我一段時間吧。」

王妍說：「還要等啊，那個吳雯可是催過我好多次了，再等下去，我怕她沒這個耐心了。」

孫永已經拿了王妍的錢，腰桿就沒辦法再硬起來，只好笑著說：

「你跟她解釋一下嘛，實在是最近發生了太多的事情，人事變動很大，所以處理起這件事情來就沒那麼快了。」

王妍覺得孫永說的也是實情，無奈的說：「好吧，我再跟她說說吧。」

孫永掛了電話，王妍坐在那裏想著要如何跟吳雯解釋。

吳雯已經來找過她幾次了，一再提出既然她辦不了，就趕緊還錢。王妍告訴她，自己送了一部分錢給孫永，孫永已經拿了錢，答應給辦事了，要她有點耐心。吳雯不信，說王妍這是爲了不想還她錢找的藉口。王妍說她有證據能證實付錢給孫永了，吳雯讓王妍將證據拿出來。王妍就給吳雯看了她付錢給孫永的錄影，吳雯這才相信了她，不過讓她儘快辦理。

「幸好當時我多了一個心眼，在房間裏暗自放了一台錄影機，不然這件事情還真說不清楚。」王妍想到這裏，不禁嘆了一口氣，她現在越來越覺得這件事情變得棘手起來。

原來，王妍送錢的當時，離吳雯與她約定的一個月時間已經相差無幾了，她知道期限之內根本無法辦好，甚至可能連個苗頭都沒有，於是爲了讓吳雯放心繼續讓她辦下去，她就在雅間裏偷偷擺了一台小型錄影機，然後將孫永請了過來，在雅間裏送了錢，把過程全部錄了下來。

王妍現在想趕緊辦完這檔子麻煩事，然後就將飯店盤出去，離開海川。原本她回到海川，是想這裏是自己的家鄉，可以療好前夫帶給她的情傷，誰知道會遇到了曲煒，反而將她傷得更重。

想到了曲煒，王妍更是百感交集，氣頭上的時候，她恨不得置曲煒於死地，可是回過頭靜下心來來想一想，她又想到了曲煒對自己的好，是她不該貪圖得到那些得不到的東西，可是她也明白，曲煒跟她已是陌路，今生今世怕再也難續前緣了。

北京，傅華接到了丁益的電話，他講了徐正到任的消息，事情果然一如曲煒所料，傅華徹底放心了，他心裏還真怕秦屯會真的成為市長。

丁益接著埋怨說：「傅哥，你不夠意思啊，回海川也不跟我們說一聲。」

傅華說：「我是陪人回去辦事的，你還有臉說我，我還沒找你呢。」

丁益笑笑說：「我怎麼了？」

傅華說：「丁益，我從來不知道你還是一個大嘴巴啊。」

丁益愣了一下，說：「究竟什麼事情啊，傅哥，你趕緊說吧，要悶死我啊。」

傅華說：「你跟伍奕的兒子瞎說什麼，是不是你們天和公司上市給你牛的，要把你們如何上市的事情到處說啊？」

丁益不好意思的嘿嘿了兩聲，說：「傅哥，說起這件事情真是不好意思，那天我是被朋友灌醉了，嘴上就把不住門，跟伍權說了一些不該說的話。怎麼，給你添麻煩了嗎？」

傅華說：「兄弟，你是天和未來的接班人，對自己應該有點數，不要再做這樣讓人看不起的事情了。」

丁益說：「對不起啊，是不是給你惹了麻煩了？」

傅華抱怨說：「伍奕聽了你幫我吹噓的話，以爲真是我幫你們天和公司上市的，找我來了。」

丁益笑笑說：「本來就是你幫我們的嘛，伍奕大概也想把他的山祥礦業弄上市，可以的話，你就幫幫他吧。」

傅華說：「你說得輕巧，山祥礦業和你們天和公司怎麼可以相比，山祥是什麼底子你不知道？你以爲你們能上市，真的就只靠我幫你們牽線就可以了？兄弟，你是真糊塗還是裝傻？」

丁益說：「好了，這件事情是我不好，行了吧？誒，你這次回海川，是跟一個女孩子回來的吧，怎麼，你換了女朋友了？」

傅華笑說：「我是陪人家回去修墳的，你別瞎說。怎麼，還在惦記著趙婷啊，好啦，你別惦記著了，我已經跟趙婷求婚了，我們很快就要結婚了。」

丁益立刻說：「別開玩笑了，我哪敢還惦記著她。那先恭喜你了，到時候記得要發喜帖給我，不然我不叫她嫂子的。」

門這時被推了開來，趙婷走了進來，說：「你跟誰打電話啊？快點吧，別讓我爸等我們。」

丁益聽見了趙婷的話，說：「傅哥，你還有事啊，那我就不打攪了。」

傅華說：「那再聊吧。」

兩人掛了電話。

傅華看著趙婷，說：「剛才是丁益打來的電話。」

趙婷說：「哦，好啦，我們趕緊走吧。」

傅華笑笑說：「其實房子你看好了就可以了，我沒什麼的。」

趙婷說：「怎麼能這麼說呢，房子是我們兩人一起住的，當然要我們一起看了。」

兩人就一起去了笙篁雅舍，趙凱的車已經等在那裏了。

見到兩人的車到了，趙凱下了車，傅華笑著說：「叔叔，其實我和趙婷來看看就好了，您沒必要來的。」

趙凱說：「孟子說居養氣，養移體，大哉居乎！可見一個人的居所是不能隨便的。」

傅華嘿嘿笑笑，和趙凱、趙婷一起走進了笙篁雅舍。

坐電梯到了頂層，房產公司的人打開了房間，傅華一走進去，就感覺十分的敞亮，挑高的結構，落地窗，十分的賞心悅目。

趙婷也很喜歡，四處看來看去。

趙凱笑著問：「怎麼樣，這房子還可以嗎？」

趙婷高興地說：「不錯，我很喜歡。」

趙凱說：「傅華呢，你覺得怎麼樣？」

傅華笑著說：「很好。」

趙凱說：「你們倆有沒有什麼地方感覺不舒服？」

趙婷和傅華都搖了搖頭，說：「沒有啊，挺好的。」

趙凱說：「如果有這種感覺一定要說出來，那是說明這房子不適合你們。真的沒有嗎？」

兩人再次搖了搖頭，趙凱說：「那就訂下這裏了。我找風水先生看過，他說這棟樓就這戶房子的風水最好。」

傅華笑笑說：「叔叔您還信這個？」

趙凱說：「建築風水也是有道理的。我不是說一定要多好，但是要避免大凶或者不吉利的東西。」

三人就跟著房產公司的人下樓去簽合同。

步出電梯，迎面一個少婦挽著一個中年男人走過來，少婦見到傅華，笑著說：「哎，傅華，這麼巧？這個女孩子是誰啊？」

原來是徐筠。

傅華笑笑說：「真巧，這位是我的未婚妻趙婷。這位是徐筠徐姐。」

趙婷伸手跟徐筠握手，打招呼說：「徐姐好。」

這時，那個中年男人看到了趙凱，也寒暄著說：「趙董，怎麼會在這裏碰到您？」

趙凱跟中年男人握了手，說：「董律師也來買房子？」

原來這中年男人就是徐筠說過的男朋友老董。

老董笑著說：「我住在這裏。趙董是來買房的？」

趙凱說：「幫我女兒來看看。」

徐筠看著趙凱笑著說：「原來你們認識啊。」

趙凱說：「這位是？」

「徐筠，我女朋友。這位是通匯集團的趙董事長。」老董介紹說。

趙凱笑著跟徐筠握手，說：「很高興認識你。」

徐筠含笑點了點頭，並不因爲趙凱是著名的企業家而有特別的表示，看來也是見過大場面的人物。

徐筠又給傅華和趙婷介紹了老董，傅華和趙婷跟老董握了握手，互相問了好，就此分開了。

趙婷問趙凱：「爸，你認識這個董律師嗎？」

趙凱說：「這個董律師是京城律師界的厲害角色。」

趙婷說：「那很有名氣了？」

趙凱笑笑說：「說到名氣，要看怎麼說，這個董律師很低調的，不是很多人知道他。但是在某個領域他大名鼎鼎，是這個領域的翹楚人物。」

傅華笑著說：「術業有專攻，能精於一個領域也很不錯的。」

趙凱笑著搖了搖頭，說：「你不明白的，你不瞭解這個人，他確實是術業有專攻，不過倒不是學識上的。」

說著，三人走進了售樓處，這個話題就被擱置了下來。

房產公司的人很快就打好了合同，簽字的時候，趙婷善解人意的讓傅華一起簽，傅華笑笑說：「不要了，這是叔叔買給你的，你簽就好了。」

趙婷看著傅華說：「你非要跟我分得這麼清楚嗎？」

傅華心中明白這是趙婷的體貼表現，便說：「好的，我們一起簽。」簽完字，趙凱付了款，就自行離開了。

傅華和趙婷上了車，趙婷問：「你是怎麼認識這個徐筠的？」

傅華說：「是鄭莉的朋友，上次我去跟鄭莉談行程時認識的，怎麼了？」

趙婷說：「原來是鄭莉姐的朋友哇，她怎麼找了這麼一個男朋友啊？」

傅華笑著說：「董律師怎麼了？我覺得挺好的，看上去很厚道，能在笙篁雅舍買得起房子，肯定賺不少錢，起碼我買不起。」

趙婷說：「看上去很厚道？真的假的？你不覺得那個董律師很不老實嗎？他跟我握手的時候，看我的眼神就像剝去了我的衣服一樣，讓我渾身不舒服。你要不要提醒鄭莉姐的朋友一下，這個男人有點靠不住。」

傅華笑了，「有那麼嚴重嗎？鄭莉說徐筠可在意這個董律師了，我們並不很熟，不好提醒她的。」

「那就算了，反正我覺得這個董律師不太靠譜。」

傅華沒再說什麼，開著車繼續前行。

過了一會兒，趙婷看了看傅華，笑著問：「傅華，你是不是覺得娶我壓力很大啊？」

傅華搖了搖頭，說：「沒有啊，爲什麼這麼說？」

「那你爲什麼說笙篁雅舍的房子你買不起？又不用你買。你如果不喜歡這樣，我們可以不要的。」

傅華笑了，說：「房子那麼好，我怎麼會不喜歡？我說買不起也是事實啊，叔叔給我們買的這間房子，如果只算我的工資的話，我不吃不喝一輩子也買不起。」

趙婷說：「你這麼說，還是有心理壓力了。」

傅華笑著說：「要說我一點心理壓力都沒有，也是不可能的，不過，我既然愛上了你，就已經準備好接受你的一切了。」

趙婷握了握傅華的手，說：「好，那什麼都讓我們共同面對。」

車子開回了駐京辦，傅華看到門口停了一輛悍馬，笑了笑說：「這傢伙這麼快就找上門來了。」

原來是伍奕的車。

趙婷問道：「誰啊？」

傅華說：「海川的一個商人，挺討厭的一個傢伙。」

趙婷沒興趣問下去，就下了車，開著自己的車回去了。

傅華走進了駐京辦，伍奕從辦公室走了出來，笑著說：「傅主任，你這是去哪兒忙去了？」

傅華笑笑說：「我去辦點小事，伍董什麼時間到北京的？」

伍奕說：「我剛到，專程來給你送一個兵過來的。」

傅華被說愣了，問道：「送兵，伍董送什麼兵啊？」

伍奕笑著說：「送你們駐京辦的兵啊。」

這時，從伍奕背後走出一名二十多歲秀氣的女孩子，笑著說：「您好，傅主任，高月前來報到。」

傅華連忙上前跟高月握了手，笑說：「歡迎你，高月同志。」

原來前幾天海川市政府已經通知駐京辦，會派一名叫高月的同志前來接替原來劉芳的工作。

這時林東和羅雨也從辦公室裏走了出來。

林東笑說：「傅主任，你知道高月同志跟伍董是什麼關係嗎？」

傅華好奇說：「什麼關係啊？」

高月笑道：「他是我親舅舅。」

傅華愣了一下，他沒想到伍奕這樣五大三粗的傢伙會有這樣眉清目秀的外甥女。

伍奕笑說：「傅主任發什麼愣啊，不信啊？」

傅華笑著回說：「沒有，快裏面坐。」

眾人就走進了辦公室。坐定之後，傅華問：「高月同志什麼時間到海川市政府的，我怎麼從來沒見過你啊？」

高月說：「我原來是在下面縣裏，剛調到海川市政府，就被派過來了。」

伍奕笑著說：「傅主任，以後我這外甥女可就拜託你照顧了。」

傅華笑了笑，他很懷疑高月到駐京辦來工作這件事情，是由伍奕做的安排。

傅華說：「伍董客氣啦，我能照顧什麼，大家齊心協力一起做好工作而已。」

說著，傅華看著羅雨，說道：「小羅啊，你安排一下高月同志的宿舍，就住在劉芳原來那間吧。」

羅雨說：「好的，我馬上去安排。」

傅華又對高月說：「高月同志，駐京辦現在的條件有點艱苦，你先將就著住吧。」

高月就跟著羅雨走了。

伍奕看著傅華說：「傅主任，今天中午，我請大家出去吃一頓。」

傅華笑笑說：「你來駐京辦怎麼還能讓你請客啊，中午駐京辦請客，歡迎高月同志加入我們這個團體。」

伍奕有些不高興了，說：「傅主任，你是不是瞧不起我這個大老粗啊，怎麼每次我要請客，你非不同意呢？」

傅華笑說：「伍董你這就不對了，我不是非要不同意，關鍵是你找的時機不對。高月來駐京辦上班，當然我們要先歡迎啊。你要請駐京辦的客，可以延後嘛。」

伍奕說：「那好，我就今天晚上請了，你別再跟我說別的理由啊。」

傅華知道無法再推辭，就說：「行啊，晚上就由你來安排。」

高月安置好了自己的隨身物品，傅華就領著大家去了東海食府，他第一杯酒對高月表示了歡迎，高月並沒有推辭，跟著大家把酒乾掉了。

高月酒喝得很爽快，傅華是常上酒桌的，一看就知道這個女孩子酒量不低。

通常酒桌上有幾種人是不能小看的，其中一種就是紮小辮的，意思是指在酒桌上喝酒的女人。傅華曾經見過一個到海川市政府辦事的女人，當時曲煒開玩笑的說，如果女人能夠跟在座的男人一樣喝酒，他就批准她的要求。沒想到那女人爽快的同意了，不過提出她只喝白蘭地。於是一場好戲上演了，女人一杯一杯跟在座的男人們喝起了白蘭地，越喝越精神，最後喝得大多數男人都趴到桌子底下去了。

那一次以後，傅華在酒桌上再也不敢跟女人叫板了。

果然，傅華敬完第一杯酒之後，高月站了起來，給大家斟滿了酒，笑著說：

「今天能加入駐京辦是我的榮幸，我是第一次接觸駐京辦的工作，初來乍到，什麼都不懂，在這裏，我先敬傅主任、林主任以及各位同事一杯，希望日後各位能多多關照。我先乾爲敬了。」

說完，一口將杯中酒乾掉了。傅華和林東等人只好也將杯中酒乾掉了。

林東喝完，笑著說：「看來小高倒真是適合幹接待工作啊，這酒量怕是在酒桌上沒敵手啊。」

高月笑笑說：「林主任誇獎了，不過到目前爲止，我還真沒喝醉過。」

傅華聽高月這麼說，心裏有點彆扭，挺清秀的一個女孩子跟人講說自己從來沒喝醉過，讓人覺得有一點風塵的味道，而且，他見過很多在酒桌上誇耀自己的人，最終卻喝得一塌糊塗的，便笑笑說：

「高月啊，北京這地方不比海川，這裏藏龍臥虎，以後上了酒桌你不要再說這種話，很容易栽跟頭的。」

高月笑著說：「你不相信嗎，傅主任？」

傅華說：「我信，但是喝酒只是接待工作的一部分，要儘量少喝，尤其是你還是一個女孩子，在酒桌上就很容易成爲目標，你再這麼張揚，怕是大家都會衝著你去的。」

伍奕笑著說：「高月啊，這是傅主任的經驗之談，你好好聽著。」

高月說：「以後我會注意，謝謝傅主任了。」

伍奕說：「傅主任，高月沒見過大場面，有些事情還不是很懂，你以後要多教教她。」

傅華笑著說：「說不上教，大家在工作中互相關照吧。」

伍奕說：「那你就多關照下她，來，我敬你一杯。」

傅華笑說：「伍董，你敬的酒就暫時留著吧，我們下午還有工作，晚上再喝。」

伍奕說：「那晚上不醉不歸。」

「不醉不歸。」

海川市，徐正經過一段馬不停蹄的奔波，對海川市有了一個大致上的瞭解，他雖然對融宏集團作了重點的瞭解，也很重視融宏集團，可是這畢竟是前任開了頭的工作，即使做得再好，也不能凸顯他的成績。徐正很想找一個新的突破點，一個由他來開始的新的經濟增長點。

徐正的目光放到了海川機場上，海川機場爲軍民合用機場，建成使用已經二十多年了，基礎設施已經明顯落後，不能適應海川經濟的飛速發展。

徐正把李濤找了來：「老李啊，你有沒有覺得我們的海川機場太過陳舊了？」

李濤笑說：「徐市長是不是想打機場的主意？」

徐正說：「怎麼，你們考慮過這個問題？」

李濤說：「曲市長和我早就覺得現有的機場已經跟不上形勢了，很想把機場改造一下或者重建。曾經找專家評估過，可是原地改造不合適，而遷址再建，資金需求太大，我們市裏解決不了，就暫時擱置了下來。」

徐正笑笑說：「看來英雄所見略同啊，你先說說看原地改造爲什麼不合適？」

李濤說：「專家說，原址改造不可能主要是受限於下面幾個因素，一是目前的海川機場已處於市區規劃之中，隨著城市的發展，將越來越影響城市居民生活和城市的發展規劃。二是目前的海川機場地面空間已沒有擴展餘地，三是受淨空條件制約，海川機場北部山脈也不符合民用機場建設第二條跑道的淨空要求。民用機場作爲一個城市、一個區域的重要基礎設施，首先應考慮它能否最大程度地爲這一城市和區域的經濟和社會發展提供航空運輸和服務，能否最大限度地爲這個城市和區域打造航空經濟區的發展平臺。目前海川機場的位置偏西，也不能很好的涵蓋海川市全部的領域。」

徐正說：「那麼專家認爲在什麼地方再建好呢？」

李濤回答：「海東縣的興旺鎮。」

說著，李濤走到徐正身後的海川地圖面前，指出了興旺鎮的位置：

「我們海川市連接著長三角地區、西南地區與東北經濟圈，特別是在全省實施的東海省高效生態經濟區建設中，是戰略的中心城市。海東縣正處於沿海經濟產業帶的中心位置，是環海地區乃至東北亞地區一個重要的節點城市。在這裏建設新民用機場，航空輻射半徑很大，能有效地改善全市的運輸條件，助推海川北部沿海經濟產業帶的大發展。」

徐正聽得連連點頭，說：「這個規劃很好啊，興旺鎮這個意頭也很好，意味著海川興旺發達，預計大約需要多少資金？」

「專家初步評估說要六十億。」

「是不少，不過我們可以分三步走，自籌一部分，向省裏面要一部分，再試著爭取國家發改委的支持，將機場的改建列入國家的發展規劃，那樣國家會補助一部分資金。這樣資金不就解決了嗎？」

「這個任務可是很繁重的，我和曲市長當時都認爲暫時不適合啓動。」

徐正笑著說：「坐而論道，不如起而行之。我覺得這個方案可行，你準備準備，我把它送上常委會。」

李濤笑著說：「徐市長，我算服了你，你還真是雷厲風行啊。」

徐正找到了孫永，把想啓動海川機場的遷址改建計畫說給他聽。孫永表示支持，說：「這是我們海川人的一個夢想，是時候啓動了。」

隨即在常委會上，表決通過了正式開始籌建海川新機場的計畫。在會議上，孫永表達了對徐正的強烈支持，對計畫的通過起了關鍵性的作用。

常委會結束，孫永讓徐正跟他去辦公室談談。

到了辦公室，孫永笑著說：「徐市長，這個機場計畫一旦啓動起來，你的擔子就重了，省裏和北京要多跑跑了。」

徐正說：「一步步走吧，謝謝孫書記對這個計畫的支持。」

孫永笑笑說：「不用客氣，我們一起搭班子，是需要互相支持的。」

徐正笑著說：「對對。」

孫永似乎在無意間想起了什麼，說：「對了，徐市長，前段時間有人跟我提到過，他們看好了濱海大道中段那塊地，想用來開發別墅，你看你們市政府是不是可以把地放給他，這對發展經濟也是有好處的。」

徐正看了孫永一眼，他很懷疑孫永此刻提出這件事情，是想要自己對他支持機場計畫的回饋，心裏不由有些反感，不過孫永剛剛支持了自己，倒也不好頂撞他，便笑笑說：「孫書記，你說的這個情況我還不是很熟悉，不過你放心，這件事情我記下了，回頭我們市政府研究一下，儘快給你答覆吧。」

孫永心裏暗自彆扭了一下，心說這傢伙怕是跟曲煒一路貨色，看來自己想趁他不熟悉情況讓他同意這件事情已經是不可能了，便強笑了一下，說：「好吧，你們儘快研究吧。」

徐正說：「再是既然市裏通過了這個新機場計畫，我想儘快去北京一趟，到國家民航總局、發改委相關部門把我們的想法跟他們彙報一下，徵求一下他們的意見，也尋求他們的支持。」

孫永說：「行，你就去吧。」

傅華接到了市政府辦公室的通知，說新任市長要到北京來，他的心裏是忐忑的，他已經從楊城市駐京辦那裏大致瞭解了徐正的爲人，知道他是一個很嚴厲的上司，不得不小心應對。

過了一天，傅華在機場接到了徐正和他的秘書劉超，將他安排到了酒店住下，就說：「徐市長，您先休息一下，過一會兒我來陪你吃飯。」

「你先別急著走，坐下，我想跟你聊聊。」

傅華笑著說：「您坐了這麼長時間的飛機，不用休息一下嗎？」

徐正搖了搖頭，說：「什麼這麼長時間飛機，一個小時而已，我不累。傅主任，你的情況我大致瞭解了一下，前段時間你幹得不錯，尤其是在為市裡招商這一部分，很有成績嘛。」

傅華笑笑說：「也沒什麼，碰巧找到了幾個投資客商而已。」

「你也不用謙虛，確實很不錯。不過，要說駐京辦也不是一點欠缺都沒有的，你們和在京的部委的溝通就有待加強。」

傅華笑著說：「徐市長批評的是，駐京辦需要再加強這方面的工作。」

徐正說：「可能你也聽說了，常委會剛通過了要遷址改建海川機場的計畫，這個計畫投資巨大，如果要順利執行，是離不開國家民航總局和發改委的支持的，今後，駐京辦要把工作重點轉到這上面去。」

傅華說：「好的，我們一定有針對性的展開工作。」

徐正說：「你們在這兩個部門有沒有熟悉的人啊？」

傅華說：「發改委我還能找上關係，我認識裏面一個司長；至於民航總局，目前我

還真不認識人。」

傅華跟賈昊介紹給他認識的劉傑一直有聯繫，經常會約著一起打高爾夫，至於民航總局，由於專業性太強，傅華很少有機會接觸到裏面的人。

徐正說：「能不能找找別人看看，有沒有認識民航總局裏面的人的？」

傅華說：「要不要問問鄭老，也許他有部下在民航總局工作。」

徐正說：「也可以，爲了完成這個機場遷址改建的計畫，市裏要動員一切可以動員的力量。你跟鄭老約一下，我明天登門拜訪，跟他彙報一下我們的規劃。」

兩人又談了一些工作上的事情，不覺就到了吃飯時間，兩人就一起在酒店裏的餐廳吃了飯。

傅華對這個新市長印象不錯，他的做事風格跟曲煒很相似，甚至比曲煒更積極一點。

第二天一早，徐正和傅華登門去拜訪鄭老，鄭老很高興的聽取了徐正關於機場的規劃，說：「這是一件大好事啊，應該辦。」

傅華說：「鄭老，我們想把這件事情跟民航總局的領導彙報一下，可是不得其門而入，您在那裡有沒有熟人啊？」

鄭老笑說：「我倒是有一個部下在那裏，姓于，現在是副局長了吧。」

徐正說：「那鄭老能不能幫我們聯繫一下？」

鄭老說：「行啊。」於是鄭老就打電話給這個于副局長，于副局長說讓他們過去找他就可以了，他會作出安排的。

徐正和傅華又跟鄭老聊了一會兒，這才告辭要離開。

老太太把傅華拉到了一邊，說：「小傅啊，你什麼時間去看看小莉吧，她從海川回來就病了一場，後來病雖然治好了，可一直打不起精神來，這孩子也怪可憐的。」

傅華心裏痛了一下，他心裏很清楚鄭莉為什麼生病，可是他卻不能為鄭莉做一點實際的事，只好對老太太點了點頭，說：「好的，我會去看她的。」

下午，徐正帶著傅華去了國家民航總局，找到了于副局長，于副局長聽完徐正說明來意之後，笑著說：「你們要建機場啊？」

徐正說：「是啊，我們想要把海川機場遷址改建。」

于副局長笑著說：「那你們等著賠錢吧。我在這裏工作十幾年了，還沒見過一家機場整體盈利過呢。你知道嗎，去年新建投入使用的十家機場，有九家是虧損的。」

徐正說：「這個情況我也大體知道一點，可是我們著眼的是興建機場對海川經濟的整體帶動。」

于副局長笑笑說：「我知道，這對你們地方的經濟是一個很大的帶動。你等一下，我把規劃發展司的人給你叫過來，你跟他們談一下。」

說著于副局長打了電話，一會兒一位中年男子走了進來，于副局長介紹說：「這位是規劃發展司的張副司長，你們把情況跟他談一下，他知道具體的程序應該怎麼辦。」

張副司長就將徐正和傅華領到了自己辦公室。

請續看《官商鬥法》四 東窗事發

官商鬥法 三 政治盟友

作者：姜遠方
發行人：陳曉林
出版所：風雲時代出版股份有限公司
地址：105台北市民生東路五段178號7樓之3
風雲書網：http://www.eastbooks.com.tw
官方部落格：http://eastbooks.pixnet.net/blog
Facebook：http://www.facebook.com/h7560949
信箱：h7560949@ms15.hinet.net
郵撥帳號：12043291
服務專線：(02)27560949
傳真專線：(02)27653799
執行主編：朱墨菲
美術編輯：風雲時代編輯小組

法律顧問：永然法律事務所 李永然律師
北辰著作權事務所 蕭雄淋律師

版權授權：蔡雷平
初版日期：2015年6月
初版二刷：2015年6月20日
ISBN：978-986-352-147-1

總 經 銷：成信文化事業股份有限公司
地　　址：新北市新店區中正路四維巷二弄2號4樓
電　　話：(02)2219-2080

行政院新聞局局版台業字第3595號 營利事業統一編號22759935

定價：280元　特惠價：199元

國家圖書館出版品預行編目資料

官商鬥法／姜遠方 著. -- 初版. -- 臺北市：
風雲時代，2015.01 -- 冊；公分

ISBN 978-986-352-147-1（第3冊；平裝）

857.7　　103027825